神奇柑仔店14

炫耀餅乾的副作用

文 廣嶋玲子　圖 jyajya　譯 王蘊潔

目錄

序章

六條教授在自己的辦公室看著電腦。研究所內進行的所有實驗和數據，全都會傳到他的電腦上，他仔細確認完內容後，在腦袋中將各種不同的事重新組合，產生了新的點子和靈感。

但是，今天有人妨礙了他的思考。

突然響起的敲門聲打破了辦公室的寧靜。

「教授，請問現在方便打擾您一下嗎？」

「嗯，關瀨嗎？進來吧。」

教授露出親切的笑容回答。

門打開了，一個身穿白袍的男人戰戰兢兢的走了進來。

「怎麼了？你看起來好像憂心忡忡。」

「是。呃……教授，您上次說，目前蒐集的『錢天堂』商品樣本已經很充足，但聽說又要派神祕客去街上，計畫不是已經進入了最後階段嗎？為什麼還要這麼做？」

「喔喔，因為這次的目的不一樣。」

教授緩緩閉上了眼睛。

「之前我是想要了解『錢天堂』內到底有什麼樣的商品，但這次是想要從這些去過『錢天堂』的神祕客身上，蒐集某些數據。」

「要、要蒐集什麼？」

「我這次做了這個東西。」

教授從辦公桌的抽屜中，拿出一個像是手錶的東西，水藍色的布錶帶，一看就知道是便宜貨，看起來像是兒童手錶。

「雖然看起來是手錶，但裡面有特殊的感應器，可以測量他們對『錢天堂』商品的滿意度。」

「為、為什麼要這麼做？」

「當然是為了讓我們的計畫更加完美，而且這個數據可以發揮重

要的作用。這次的神祕客我打算都找小孩子，因為小孩子的反應很

坦誠，而且根據之前的數據顯示，小孩子成為那家柑仔店客人的機

率比較高。目前我打算在全國各地的神社寺廟周圍，免費發放兒童

用護身符，護身符裡面會放幾枚零錢，不知道拿到那些護身符的小

孩子中，有幾個人能夠走進『錢天堂』。」

「……」

「對了對了，我還打算把超小型追蹤器縫在裝零錢的護身符中，

因為這樣就不會被發現。帶著護身符袋子的小孩子走進『錢天堂』

後，那個老闆娘會說歡迎光臨『錢天堂』，只要說出那個店名，追蹤器的開關就會打開，然後開始運作。接下來就簡單了，只要追蹤那個追蹤器，就可以把這個手錶交給那個神祕客。」

教授面帶笑容看著關瀨。

「我、我反對。」

「嗯？你是不是說了什麼？」關瀨鼓起勇氣說。

「我說我反對。教授，您應該很清楚『錢天堂』的零食的確具備了魔法般的魔力，也因此造成很多人的不幸，可是現在您卻要讓小孩子去『錢天堂』。」

「現在說這些幹什麼？這都是為了研究，更何況你不是也讓自己的女兒去了『錢天堂』嗎？」

「正因為這樣，我才會說這些話。」

關瀨臉色鐵青的繼續說了下去。

「我女兒買『識人儀』回家時，我雖然驚訝，但也很高興又多了一件樣本。可是我越想越害怕，如果我女兒買到的是更危險的商品，不知道她會遭遇什麼事……教授，請不要再派神祕客進行調查了，樣本不是已經足夠了嗎？拜託您了。」

「好吧……」

教授很乾脆的點了點頭。

「既然你這麼說，那我來想一想其他方法。關瀨，不好意思啊，是我思慮不周。」

「不，您千萬別這麼說，我才不好意思，說了這些自以為是的意見……但是，教授，非常感謝您。」

「不，沒關係，你回去繼續做研究工作吧。」

「是。」

關瀨鬆了一口氣，走出了六條教授的辦公室。

門「砰」的一聲關上後，六條教授臉上的表情越來越可怕。他

的眼神冰冷，露出和前一刻判若兩人的冷酷表情。

關瀨和彥很聰明，對研究也充滿熱忱，六條教授之前一直很中

意這個助手，但沒想到他的想法這麼天真，實在太可惜了。最重要

的是，六條教授對他竟然敢頂嘴感到很不滿意。

「我已經……不需要這個人了。」

六條教授小聲嘀咕著。

1 萬人迷麻糬

今年讀五年級的龍介，目不轉睛的看著鏡子中的臉，忍不住喃喃的說：「完全沒桃花……」

每次照鏡子，龍介都覺得自己長得並不差。他的身材不胖也不瘦，鼻子不高也不塌，牙齒也算整齊，只不過離英俊、帥氣的確有一段距離。

「唉唉，真希望可以像貴志一樣。」

龍介想起五年一班的同學貴志。

貴志個子很高，英俊瀟灑、帥氣逼人，雖然同樣是男生，龍介也覺得他俊美迷人，所以他桃花不斷。聽說不久之前，有一個六年級的學姐向他告白，但他說自己目前只愛足球，對女生完全沒有興趣，簡直太酷了，所以更加吸引女生。

貴志不時為自己總是成為女生目光的焦點嘆息，但龍介對他羨慕不已。不知道像他那樣桃花不斷是怎樣的感覺？真希望可以體會一下，哪怕只有一次也好。

這時，廚房傳來媽媽大喊的聲音：

「龍介，你要在廁所裡磨蹭多久？上學快遲到了！」

「我已經弄好了啦！」

龍介再度看了鏡子一眼，然後去拿書包。

但是，他走在上學的路上，也滿腦子都想著「怎樣才能增加桃花運呢？」也許就是這個原因讓他走錯了路。龍介回過神時，發現自己正獨自走在一條昏暗狹窄的巷子裡。

「啊？這、這裡是哪裡？」

他緊張的東張西望，但四周完全看不到人影，也聽不到任何聲音。於是他繼續往前走，想盡快走出這條巷子。

走了一會兒，他發現巷子深處有一家小柑仔店。那家柑仔店看起來很老舊，掛在店門口的木頭招牌感覺也很有歷史，但是陳列在店門口的零食和玩具，全都是他從來沒看過的商品。

龍介立刻被這家店吸引，走進柑仔店，忘記了必須去學校這件事。除了店門口有很多商品，店內也有琳琅滿目的零食。

那裡有「忍者薑片」、「熱帶燒」、「想要地瓜乾」、「醫生汽水糖套組」、「巫女罐」、「炫耀餅乾」、「合身花生」、「撒嬌脆棒」、「心動餅乾」、「妙筆鉛筆」、「貓眼糖」、「催眠蝙蝠」、「無聲梨」、「珠寶果凍」。

他又走到後方的小冰箱張望，發現冰箱裡有許多令人興奮的飲料：「挑戰柳橙汁」、「順暢蘇打水」、「與眾不同茶」、「演講果汁」。

「好讚啊！我挖到寶了！太有趣了！」

龍介興奮的打量著店內的商品。這時，一個女人從店內深處走了出來。

龍介不禁愣住了。那個女人很高大，簡直就像一座小山，而且她身材豐腴，體型和相撲選手不相上下，身上穿著一件古錢幣圖案的紫紅色和服，一頭白雪般的頭髮上，插著五顏六色的玻璃珠髮簪。但是，女人的年紀並不大，她豐腴的臉上完全沒有皺紋。

這個渾身散發出奇妙感覺的女人，對著龍介露出了笑容。

「歡迎光臨『錢天堂』，今天的幸運客人，我在此恭候大駕。」

女人的聲音悅耳動聽，但是說的話有點奇怪。

龍介不由得驚慌失措。

「呃、我……」

龍介結結巴巴的說不出話。女人再次笑了笑，紅色的嘴唇露出嫵媚的笑容。

「看來你還沒有找到自己想要的零食，如果你不嫌棄，紅子我可以代勞。請問你有什麼心願？任何心願都可以告訴我。」

老闆娘用甜美的聲音詢問，龍介一聽便脫口回答：

「我想要變成萬人迷。」

龍介說完之後，才猛然回過神，滿臉漲得通紅。太丟臉了！他甚至從來沒有在爸媽面前提過自己想要當萬人迷這件事。

但是老闆娘沒有笑，她一臉嚴肅的思考了一下。

「這樣啊，原來你想當萬人迷。『錢天堂』有兩款商品可以滿足你的需求，請問你要哪一款呢？」

「啊？」

「嗯，那你先來看一看，看完之後，再決定要買哪一款。」

老闆娘說完，在貨架上找出了商品，然後在龍介面前伸出雙手。

老闆娘的右手上拿著一個塑膠袋裝的零食，塑膠袋是漂亮的桃紅色，上面印了很多可愛的心形，還寫著「萬人迷麻糬」幾個字。

左手拿的是一個塑膠球，黃色的塑膠球裡好像裝了什麼，但從外面看不清楚。

龍介的心臟撲通撲通的狂跳。無論是塑膠袋還是塑膠球都很吸引人，不管裡面裝的是什麼東西，他都很想要。好想要，好想要。

他迫不及待的想將這些商品占為己有。

老闆娘緩緩向他說明：

「這個袋子裡裝的是『萬人迷麻糬』，聽名字就知道，裡面裝的是麻糬，吃了之後，桃花就會變得很旺。而這個塑膠球裡面裝的是『帥哥面具』，只要戴在臉上，就可以馬上變帥哥，所以這款商品也絕對可以讓你成為萬人迷。請你從中挑選一個。」

「我、我……兩個都想要。」

「不行，『錢天堂』規定一個人只能買一件商品。」

「……」

龍介仔細比較著「萬人迷麻糬」和「帥哥面具」，既然兩件商品都可以帶來桃花運，這兩種商品到底有什麼不同？哪一件商品更

適合自己？

龍介問老闆娘：「請問這兩件商品有什麼不一樣？」

「這是個好問題。如果你想用自己目前的長相走桃花運，就可以買『萬人迷麻糬』；如果你想成為絕世美男子之後走桃花運，那就建議你買『帥哥面具』。」

龍介再度陷入了沉思。

雖然成為絕世美男子也很讓人心動，但是突然變臉，同學可能會說：「你原來根本不是長這樣，你去整型了。」既然這樣，還是靠自己目前的長相走桃花運比較好。

龍介終於下定了決心，他看著老闆娘說：

「我要買『萬人迷麻糬』。」

「好，請付五十元。」

龍介覺得這個價格很便宜，但要付錢時才驚覺自己身上沒帶錢。

龍介著急的對老闆娘說：

「呃、呃，不好意思，我忘了帶錢包，我馬上回家去拿，你可以等我一下嗎？」

「咦？你沒有帶錢嗎？」老闆娘笑著搖頭說，「不不不，不可能，你身上一定有錢，你一定有昭和五十年的五十元硬幣。」

「我沒有騙你，我身上真的沒錢。」

「那這個護身符呢？我感覺裡面有寶物，你要不要打開看看，確認裡面有沒有錢？」

老闆娘指著龍介掛在書包上的護身符說。

「啊？這個嗎？」

龍介拆下護身符，把它拿在手上。

那是個在水藍色袋子上繡了「招福」兩個字的護身符，而且它並不是龍介買的。

一個星期前，龍介和其他五年級的學生參加戶外教學，去了一

24

座很大的神社，有個年輕男人一面說著：「免費贈送守護幸福的護身符！」一面在神社門口發放。

龍介並不想要護身符，但是同學們都拿了，而且不用錢，所以他也接了過來。既然收下了，就不能隨便亂丟，所以龍介把護身符掛在書包上。

護身符的袋子裡真的有錢嗎？如果真的有錢，那就太好了。

龍介這麼想著，打開了護身符的袋子。他大吃一驚，因為裡面真的放了幾枚硬幣。

他急忙把錢拿出來，其中剛好有一枚五十元硬幣，於是他把錢

交給了老闆娘。

老闆娘嫣然一笑說：

「很好很好，這的確是今天的幸運寶物，昭和五十年的五十元硬幣。『萬人迷麻糬』是你的了，但是請你格外小心，千萬不要誤會了走桃花運的意思。請你牢記一件事，只有具備品格，懂得善解人意，才能夠真正受人喜愛。」

「嗯、嗯？我知道了。」

龍介覺得老闆娘說的話很奇怪，但是他決定不予理會。他買到了「萬人迷麻糬」，現在簡直樂翻了天。

26

他接過塑膠袋，迫不及待的打開了，裡面是一個差不多手掌大的麻糬。粉紅色的心形麻糬表面灑了一些糖粉，看起來美味可口。

雖然他才剛吃過早餐，但是口水又忍不住快流下來了。

龍介立刻張嘴吃了起來。

「我馬上就想吃，我一定要吃。」

「好、好吃！」

麻糬很Q彈，不會太軟，也不會太硬，口感好得沒話說，而且味道也很好吃。麻糬內好像加了覆盆子醬和鮮奶油，酸酸甜甜，濃郁的滋味妙不可言。

第一次吃到這麼好吃的麻糬。龍介陶醉不已，把嘴裡的麻糬全都吞了下去。

當他回過神時，發現自己正站在校門口。

「咦？這是怎麼回事？我什麼時候走來這裡了？」

自己什麼時候走出了那家柑仔店？他是怎麼走出那條巷子的？

正當他歪著頭納悶的時候，校舍傳來了響亮的上課鐘聲。

「慘了！快遲到了！」

龍介急急忙忙衝進學校，跑向五年一班的教室。

「早安！」

當他走進教室時，發現幾乎所有的同學，都已經坐在各自的座位上，而且大家都看著最後進教室的他。龍介忍不住低下頭，但又覺得有點不太對勁。

「嗯？好奇怪。」大家的眼神，尤其是女生的眼神和平時不一樣。該怎麼說呢？她們眼神發亮，而且充滿迷戀的看著自己。

這時，一個女生開了口。她叫梢惠，很會聊天，個性也很直爽，而且長得很可愛，所以是班上的紅人。

「龍介，你趕快去坐好，老師馬上就要來了。」

「嗯、嗯，謝謝。」

龍介向梢惠道謝，梢惠的臉頓時紅了，而且眼神也亮了起來。

龍介不知道這是什麼狀況，但還是到自己的座位坐了下來。他

一坐下，前後左右的女生都同時對他說話。

「龍介，你的社會作業寫完了嗎？如果沒有，要不要我把筆記借

給你抄？」

「下一節不是體育課嗎？我可不可以和你同一組？」

「你今天有空嗎？要不要一起去玩？龍介，沒問題吧？」

除了平時和他關係不錯的同學以外，之前根本不理他的女生也

都主動來和他聊天。

龍介此時已經不是驚訝，而是感到害怕了。

「喂、喂！這是怎麼回事？為什麼突然變這樣？」

「你問我為什麼，我也不知道啊。」

「因為你很帥啊。」

女生們害羞的小聲笑了起來，然後開始竊竊私語，每個女生的眼神中，好像都閃著心形的光芒。

龍介突然恍然大悟。

這就是「萬人迷麻糬」的功效。柑仔店的老闆娘不是說過，只要吃了這款零食，就可以走桃花運嗎？雖然他原本不太相信，但沒

想到老闆娘說的話是真的。

太棒了！龍介忍不住在心裡做出勝利的手勢。

放學後，龍介眉開眼笑的走回家。他的心情太好了，因為今天一整天，女生都圍著他轉，就連班導京子老師也對他特別溫柔。

簡直就像置身天堂。啊！真慶幸自己吃了「萬人迷麻糬」，以後的學校生活都會很快樂，人生變成了彩色。他越想越開心。

「小弟弟，打擾一下。」

就在這時，龍介聽到有人叫他。他看向聲音傳來的方向，發現是一個陌生的年輕女人。年輕女人帶著一臉陶醉的表情，目不轉睛

的凝視著他。

沒想到「萬人迷麻糬」連對陌生人也有效。龍介忍不住得意的問：「請問有什麼事嗎？」

「呃、啊……打擾一下，請問你今天是不是去了一家名叫『錢天堂』的柑仔店？」

年輕女人問了意想不到的問題，讓龍介嚇了一跳，他緊張的看著那個女人回答：

「我去了，但你為什麼會知道？」

「啊，你放心，我沒有要嚇你的意思。」

女人露出微笑，試圖讓他放心。

「不瞞你說，是『錢天堂』的老闆娘拜託我，她說自己忘了把附贈的手錶交給你，所以派我送來。」

女人說完，遞出一個銀色的小手錶。手錶的設計很時尚，不過是塑膠材質，真的有贈品的感覺。

龍介第一眼看到手錶就很喜歡，但他並沒有馬上接過來，反而問道：

「你怎麼會知道我在這裡呢？」

「老闆娘說只要來這裡，就可以遇到你。她說我會看到一個穿著

34

綠色夾克的小帥哥經過，要我把手錶交給你。我只是替老闆娘跑

腿……那個老闆娘很神奇。」

龍介想起那個高大的老闆娘，覺得眼前這個年輕女人說的很有

道理。老闆娘的店裡有許多魔法般的零食，搞不好真的可以輕易知

道龍介在哪裡。

於是，他欣然接過手錶後說：「謝謝你特地為我送來。」

「不客氣。老闆娘說，只要每天戴上這個手錶，就會有好事發

生。啊，對了對了，如果電池沒電了，請把手錶裝進這個信封投入

郵筒，老闆娘會馬上為你換上新電池，然後把手錶寄還給你。」

女人把一個牛皮紙做的小信封交給龍介，信封上寫著東京郵局的地址，還有「三十九號信箱」這幾個字。

龍介欣然收下了信封，馬上把手錶戴在手上。直到這時，他才發現這是自己第一次戴手錶，感覺自己好像稍微長大了一些。

龍介微笑著向女人道別後，得意洋洋的走回家裡。

那天之後，龍介簡直如魚得水，貴志根本不是他的對手。總之，他的桃花運簡直旺到了天邊，所有女生都在巴結他，送他各式各樣的禮物，想要博取他的歡心，還幫他寫功課，甚至有女生為了想要早一點和龍介約會，而和其他女生大打出手。

龍介被女生們捧在手心上，每天的心情都樂翻了天，覺得自己就像是國王。

所以他漸漸變得傲慢，也越來越刻薄，對女生吹毛求疵、口出惡言，還會毫不客氣的罵自己不喜歡的女生：「醜八怪，給我閃一邊去！」有些女生被他罵哭了，他卻完全無所謂的樣子。因為龍介身邊有很多漂亮的女生，所以沒必要對自己不喜歡的女生客氣。

他就這樣越來越任性，越來越自私……

有一次，龍介突然發現一件事。

每次看到班上的梢惠，龍介就會心跳加速，而且一看到梢惠和

其他男生說話，他就會忍不住心煩意亂。

龍介終於發現了——

「原來我喜歡梢惠，所以不希望梢惠和其他男生當朋友。」

放學後，龍介趕走在他身邊打轉的女生，然後走向梢惠，開口命令她：

「梢惠，我讓你當我的女朋友，你不要再和其他男生說話了。」

龍介原本以為能夠被人見人愛的自己選中當女朋友，梢惠應該會很高興。

沒想到她露出發自內心的不屑眼神，瞪著龍介說：

「啊？你在鬼扯什麼？如果你是想開玩笑，這個笑話根本一點都不好笑。」

「咦？」

梢惠冷淡的反應完全出乎龍介的意料，他忍不住慌了手腳。

「但、但是，你、你⋯⋯不是喜歡我嗎？你之前不是一直對我很好嗎？」

「是啊，但是現在看到你，我覺得很討厭。你讓我當你的女朋友？你以為自己是誰啊！真是太噁心了！以後不要再找我說話。」

梢惠說完，便轉身走出教室回家了。

龍介一片茫然，獨自留在教室內。

為什麼？自從吃了「萬人迷麻糬」，再冷酷的女生都會主動向他示愛。梢惠在今天之前，也和其他女生一樣，拚命想要吸引自己的注意力，但是當他好不容易下定決心要梢惠當自己的女朋友，她竟然惡狠狠的說自己「很噁心」，簡直就像變了一個人。

「這、這是怎麼回事？」

龍介完全搞不清楚狀況，但是他越想越氣，忍不住一腳踹向自己的課桌。

「咚！」桌子倒在地上，原本放在抽屜裡的東西全都散落一地，

其中也包括一個桃紅色的袋子，那是「萬人迷麻糬」的包裝袋。即

使吃完了麻糬，龍介也捨不得把袋子丟掉，一直把它塞在課桌的抽

屜深處。

他撿起袋子，閱讀上面的文字。

龍介看到袋子大吃一驚，因為袋子背面居然寫了滿滿的文字。

只要吃下「萬人迷麻糬」，就會讓你變得人見人愛。但是，只有兼

具品格和溫柔的人，才能夠維持「桃花運」。如果因為自己受歡迎就對

其他人惡言相向，會受到被自己真正喜歡的人討厭的懲罰，千萬要牢記

這件事。簡單的說，曾經對別人態度惡劣幾次，就會被自己真正喜歡的人拒絕幾次。

怎麼會有這種事？龍介忍不住尖叫。

「這⋯⋯我不知道有這種事，慘了，這下子真的慘了。」

自己到底罵過幾個女生？啊啊，想不起來，因為他罵過太多女生了，所以根本無法計算。這也代表著，龍介以後被自己喜歡的女生拒絕的次數也會數不清。

之後還要被真心喜歡的女生狠狠拒絕多少次？唉，早知道會這

樣，他就不吃「萬人迷麻糬」了。

「嗚嗚哇哇哇！」

龍介抱著頭痛哭了起來。

尾谷龍介，十一歲的男生，昭和五十年的五十元硬幣。

2 嗆辣櫻桃

小學一年級的幸二，不敢吃辣的食物。他當然不敢吃芥末，就連原味咖哩也因為有點辣味而不敢吃，所以哥哥謙一總是嘲笑他。

謙一比幸二大三歲，最近很愛吃辣的食物。他吃生魚片一定要沾芥末醬油，還會津津有味的吃加了黃芥末醬的洋芋沙拉，然後嘲笑不敢吃這些食物的幸二是「小毛頭」。

此刻，謙一也在幸二面前大口吃著加了黃芥末醬的熱狗。

「啊啊，真好吃！加了黃芥末醬根本是人間美味！幸二，你果然

是小毛頭，實在太可憐了，沒辦法體會這麼好吃的滋味。」

幸二很生氣的反駁：

「那你就趕快吃給我們看啊，不是你對媽媽說，要吃加黃芥末醬

的熱狗嗎？」

「你夠了沒有！不要整天叫我小毛頭、小毛頭！」

「嗚嗚……」

幸二忍不住噘著嘴，但一旁的媽媽對他說：

「幸二，你不用勉強自己，媽媽再重新為你做一個熱狗，這個加

了黃芥末醬的就給媽媽吃。好不好？就這麼決定了。」

「不要！」

事到如今，無論如何他都要在哥哥面前吃這個熱狗。

辛二拿起自己的熱狗，放進嘴裡。好辣！

他才咬了一口，黃芥末醬的味道就從鼻子衝向腦袋，辣味同時在舌頭上擴散，簡直就像著了火。

辛二急忙大口喝牛奶，謙一對弟弟露出得意的笑容說：

「我就知道，小毛頭沒辦法吃這種東西，真是太丟臉了。」

「謙一，不要說這種傷人的話！你去那裡！」

「好吧。」

謙一挨了媽媽的罵，笑著逃走了。

辛二很懊惱，眼淚都快流出來了。他不想被媽媽看到他哭，於是急忙離開了餐桌。

「辛二，你要去哪裡？媽媽再幫你做一個新的熱狗。」

「我不要，我要去散步。」

辛二穿上夾克，逃跑似的衝出了家門。

唉，真希望自己可以面不改色的吃辣，他要吃得比哥哥更辣，然後奚落哥哥：「你連這個也不敢吃？真是小毛頭！」

不知道是不是因為他邊走路邊想這些事，當他回過神時，發現自己來到一個陌生的地方。

那是一條狹窄的巷子，巷道內很安靜、很昏暗，完全看不到其他人。巷子深處，有一家小小的柑仔店。

店門口放了很多從來沒有見過的零食，它們全都發出閃亮亮的光芒。

「啊？這、這裡是哪裡？」

幸二大吃一驚，走向那家柑仔店。

這時，一個高大的人影從店裡走了出來。那是一個女人，個子

很高，身材很豐腴，穿了一件古錢幣圖案的紫紅色和服，頭髮上還插了很多玻璃珠髮簪。

幸二看不出她的年紀，因為她的頭髮像雪一樣白，但皮膚就像小孩子般光滑細膩。

她對幸二笑了笑，用悅耳的聲音說：

「幸運的客人，歡迎大駕光臨，歡迎你來到『錢天堂』。」

她說話有點奇怪，幸二聽了，再次嚇了一跳。

「錢、錢天堂？」

「對，這是本店的名字，我是老闆娘紅子。來來來，請進，店裡

50

也有很多零食，都是我的得意商品。」

幸二在紅子的邀請下走進店內。

紅子老闆娘說得沒錯，店裡的零食和玩具琳琅滿目。

所有貨架上都放了滿滿的零食，後方的櫃臺上也有裝滿五顏六色糖果和軟糖的瓶子，天花板上掛滿了面具、飛機、貼紙等商品。

「哇啊啊啊啊！太驚人了！我從來沒有看過這些東西！」

「呵呵呵，這是當然的啊，因為『錢天堂』的商品，全都是在本店地下室的工房生產的，是只有在本店才能夠買到的獨特商品。好了，先不說這個。」

紅子老闆娘露出興奮的眼神說：

「今天的幸運客人，請問你有什麼心願？任何心願都可以告訴我。」

辛二聽了她甜美的聲音，忍不住坦誠說出內心的願望。

「我希望可以臉不紅、氣不喘的吃辣的東西。」

「原來是這樣。」紅子老闆娘點了點頭，「嗯，這樣的話……那款零食應該符合你的需求。請你稍候片刻。墨丸、墨丸，請你把『嗆辣櫻桃』拿過來。」

紅子老闆娘對著後方大聲叫著，一隻很大的黑貓走了出來。牠

52

有一雙看起來很聰明的藍色眼睛，嘴裡叼了一個小瓶子。

紅子老闆娘得意的說：

「牠叫墨丸，是本店的店貓。啊，墨丸，辛苦你了。」

紅子老闆娘從墨丸嘴裡接過小瓶子，遞給了辛二。

瓶子裡裝了透明液體，還有一個帶梗的櫻桃。鮮紅色的櫻桃，上頭好像有橘色火焰般的圖案。

「這個商品是『嗆辣櫻桃』，以前裝在袋子裡，這次改裝在瓶子裡，把超辣的櫻桃浸泡在超甜的糖漿中。只要吃下『嗆辣櫻桃』，再辣的食物也會變得美味無比，所以我認為很適合你。」

「我要買！我要買這個！」

辛二大叫了起來。他一看到「嗆辣櫻桃」就很想要，即使要花

一輩子的零用錢才能買到，他也絕對要買。

「請問要多少錢？」

「十元。」

「那我付得起。」辛二才剛這麼想著，卻立刻想到自己身上沒

錢，他忸忸怩怩的對紅子老闆娘說：

「那個……我現在身上沒有帶錢，我會馬上回家去向媽媽拿！請

你把『嗆辣櫻桃』收好，千萬不要賣給別人！」

紅子老闆娘笑了起來。

「哎喲，你先別急，你不需要回家，因為你身上一定有錢。」

「但是，我真的……」

「不，你一定有，你一定有今天的幸運寶物，平成二十年的十元硬幣，否則你不可能來到『錢天堂』。」

幸二完全聽不懂紅子老闆娘在說什麼，但是老闆娘叫他仔細找一找，他只好把手伸進長褲和夾克的口袋裡翻找起來。

「咦？」

幸二在夾克口袋裡摸到了硬硬的東西，他急忙拿出來一看，忍

不住大吃一驚。

「是、是十元！」

「對不對？我就說你身上一定有錢。」

「我想起來了。昨天我剛好在路上撿到硬幣就直接放進了口袋，之後就忘記了。」

無論如何，這下子終於可以買「嗆辣櫻桃」了。幸二急忙把錢交給紅子老闆娘。老闆娘接過錢，笑著說：

「好，沒錯，這是今天的幸運寶物，平成二十年的十元硬幣。

『嗆辣櫻桃』就交給你了。」

「謝謝！」

辛二欣喜若狂的接過「嗆辣櫻桃」，就衝出了錢天堂。因此沒

有聽到紅子老闆娘對他的叮嚀：「其實有一件事希望你注意……」

他衝出巷子，來到住家附近的路上。

辛二緊緊握住「嗆辣櫻桃」的瓶子，一路跑回家。

他一回到家，媽媽立刻迎上來說：

「辛二，你回來了，肚子是不是餓了？要吃熱狗嗎？」

「等一下，我要先去廁所！」

辛二說完，就躲進了廁所。如果被哥哥看到「嗆辣櫻桃」，他

可能會說「給我」，所以躲進廁所最安全。

他坐在馬桶上，看著「嗆辣櫻桃」看得出神。

「這個真的很厲害。」

他第一次看到這麼大、這麼漂亮的櫻桃，絕對很好吃。

辛二打開瓶蓋，抓著櫻桃的梗，把果實放進嘴裡。

「啊！」

櫻桃就像剛炒好的栗子般熱熱的，不，是很辣。他忍不住感到

害怕，很擔心舌頭會燙傷。

但是，辣味很快就消失了，因為裹住櫻桃的糖漿很甜，滲進了

原本感到很辣的舌頭，讓人立刻有一種幸福的感覺。

「真好吃！」

幸二慢慢咀嚼櫻桃，每咬一口，都能感受到奇妙刺激的味道。

他吃完了果肉，把將吐出來之後，覺得只吃櫻桃太浪費了，於是就

把瓶子裡剩下的糖漿全部喝掉。

「啊，真好吃，我還想吃一百個。」

幸二嘀咕著，把瓶子藏在口袋裡，走出了廁所，然後大聲對著

正在廚房的媽媽說：

「媽媽，剛才的熱狗呢？」

60

「啊？還在這裡啊，你要吃嗎？」

「嗯！」

辛二急忙坐在餐桌旁，拿起了剛才沒吃完的熱狗。

「我開動了！」

辛二張大嘴巴咬了一口，發現自己完全不覺得辣，舌頭也沒有麻麻的感覺，更神奇的是，加了黃芥末醬的熱狗，比原味的熱狗好吃好幾倍。

「好吃！」

媽媽忍不住一臉擔心的看著吃得津津有味的辛二。

「幸二，你不必逞強，不需要勉強自己吃辛辣的食物。」

「不，我是說真的！真的很好吃，加了黃芥末醬的熱狗太好吃了！」

「哎喲，你為什麼突然改變了口味？」

「嘿嘿，我已經不是小毛頭了。啊，媽媽，今天晚上要吃炒飯嗎？可不可以在我的炒飯裡加韓國泡菜？」

「我的天啊！」媽媽目瞪口呆。

不過這時，幸二已經大口吃完了熱狗，然後在內心偷笑。

「哥哥，你等著瞧，今晚我要讓你大吃一驚。」幸二心想。

那天晚上，謙一看到餐桌上的食物，立刻瞪大了眼睛。

「媽媽，今天的炒飯全都加了韓國泡菜嗎？」

「因為辛二說他的也要加。」

「辛二這麼說？」

謙一看向身旁的弟弟說：

「你腦袋有問題嗎？怎麼可能一下子就敢吃泡菜炒飯？」

謙一立刻開始嘲笑辛二，但是辛二看著哥哥說：

「哥哥，我們來比賽。」

「啊？為什麼突然找我比賽？」

「我是說，我們來比賽誰吃的泡菜炒飯比較多，誰可以吃了泡菜炒飯不喝水。」

「我才不會哭。」

「你的腦袋真的有問題。好啊，我無所謂，輸了也不能哭喔。」

幸二得意的笑了起來。

晚餐時間，幸二和謙一都在自己的盤子裡裝了滿滿的泡菜炒飯。

「我開動了！」

幸二大口吃了起來。

這是他這輩子第一次吃泡菜炒飯，實在是太好吃了。吃了「嗆

辣櫻桃」之後，似乎越辣的東西，就會越好吃。幸二覺得「嗆辣櫻

桃」的威力實在太強了，然後轉頭看向謙一。

謙一的臉漲得通紅，似乎在拚命忍著不喝水。

辛二想要向謙一展示「嗆辣櫻桃」的威力，於是在配菜的涼拌

豆腐上加了滿滿的芥末。

謙一的表情僵住了。

「喂喂喂！你不要逞強了。」

「我才沒有逞強，我想這樣吃。」

「你絕對不可能吃得下去。」

「我當然可以，不信你看我吃。」

辛二把大量的芥末連同豆腐一起放進嘴裡。

真是太可憐了。

「嗯！好吃！啊，真是太好吃了！哥哥，你沒辦法體會這種美味

「哪、哪有這種事，我也敢吃啊！」

謙一也和辛二一樣，在豆腐上加了很多芥末，但是芥末的味道

太嗆，謙一只吃了一口，就忍不住捏著鼻子跳了起來。

「嗯！嗯嗯嗯！」

「你在幹麼？趕快喝水、喝水！」

謙一拚命喝水，哭喪著臉。幸二對著謙一得意的說出了他一直想要說的話。

「哥哥，怎麼回事？你竟然連芥末都不敢吃，你果然是小毛頭。」

那天晚上，幸二大獲全勝。

那天之後，幸二每天都在謙一面前大啖辛辣食物。

如今，任何辛香料都難不倒幸二，他甚至可以面不改色的吃下一整根辣椒。

爸爸和媽媽每次都驚訝的看著幸二。謙一也完全失去了自信，不再叫他「小毛頭」。

「你為什麼突然不怕辣了？」

謙一有氣無力的問幸二，幸二絕對不想把實話告訴哥哥。「嗆辣櫻桃」是只有自己知道的祕密，如果謙一知道這個祕密，可能又會嘲笑他「原來是靠魔法零食的威力」，他再也不想被哥哥嘲笑了。

唯一可惜的是，他再也找不到那家神奇柑仔店了。

他想再去一次「錢天堂」，所以找了很久，但是不知道為什麼，不管他怎麼找就是找不到那家店，也從來沒有在街上遇見過紅

子老闆娘。

「那該不會是一輩子只能去一次的店吧？感覺很有可能，因為那個柑仔店的紅子老闆娘好像會魔法。」

雖然有點失望，但他至少已經買到「嗆辣櫻桃」，這樣就足夠了。辛二這麼告訴自己。

幾天之後，附近的商店街舉辦週年慶活動。很多商店都有特賣活動和遊戲，辛二聽說還有獎品，於是決定和謙一一起去看看。

商店街人山人海，熟食店正在舉辦半價優惠活動，寵物店也提供了金魚和青鱂魚讓大家玩撈魚遊戲。

就在這時，幸二聽到了吆喝聲。

「來喔來喔，『超級無敵辣咖哩對決』馬上就要開始了！韋馱天

西餐廳特別製作了『地獄咖哩』，只要吃一口，就會辣得嘴巴噴火！

只要吃完一整碗，就可以獲得一萬元獎金！來喔來喔，有勇氣的

人、有自信的人，歡迎來挑戰！」

地獄咖哩？還有一萬元獎金？

幸二和謙一好奇的走向聲音傳來的方向。

商店街後方的廣場上，放了好幾張長桌子和椅子，桌上鋪了白

色的布，每張椅子前都放了寶特瓶裝的水。

70

幸二聞到了咖哩的味道。真不愧是地獄咖哩，光聞味道就覺得喉嚨有點刺痛。

地獄咖哩一定超級無敵辣。謙一的身體忍不住抖了一下。

「哇，這很不妙。你應該也沒辦法吃地獄咖哩。」

「沒這回事！我要去挑戰！」

「你別傻了！」

「別管我，哥哥，你就在一旁看著。」

幸二生氣的說完後，跑向報名處。報名處的工作人員看到幸二，露出了擔心的表情說：

「地獄咖哩真的非常辣，我勸你還是打消這個念頭，否則你會辣到哭出來。」

「我不怕！我超喜歡吃辣，我不會哭，請讓我參加！拜託了！」

「好，那你就挑戰一下。你去桌子旁找空位坐下來。」

「好！」

幸二立刻跑到桌子旁，在椅子上坐了下來。

除了幸二，還有一個大學生哥哥、一個據說是嗜辣的阿姨，以及一位很會忍耐的空手道道場老師，總共有四個人挑戰地獄咖哩。

當所有挑戰者都坐下後，咖哩立刻送了上來。

「哇！」辛二看到送上來的咖哩，忍不住大吃一驚。

這是怎麼回事？明明是咖哩，卻整盤都紅通通的！而且在紅色的咖哩中，還可以看到綠色的尖椒和墨西哥魔鬼椒。

辛二目瞪口呆的看著咖哩，主持人笑著說：

「各位，這就是特製的『地獄咖哩』！裡面加了各種辛辣的食材，如果覺得自己不行了，請馬上舉手，隨時可以放棄。現在就請各位開始享用！」

挑戰者紛紛拿起湯匙，開始吃咖哩。

那個大學生哥哥才吃一口，就發出了「啊！」的慘叫聲，馬上

決定放棄。

很會忍耐的空手道老師勉強吃了四口，但是他的臉漲得像煮熟的章魚一樣紅，最後趴在桌子上不動了。

只剩下嗜辣的阿姨和幸二兩個人還在比賽。

那個阿姨不愧是愛吃辣的人，她吃了不少咖哩，但是表情看起來越來越痛苦，臉都皺成了一團，拿著湯匙的手也在發抖。

只有幸二面不改色，因為他覺得越辣的食物越好吃，他從來沒有吃過像「地獄咖哩」這麼好吃的料理。

只不過幸二的身體越來越熱，汗如雨下，讓他有點傷腦筋。他

身上的T恤已經溼透了，整個胃好像要燒了起來。

這時，那個阿姨放下了湯匙。

「我、我放棄！」阿姨大聲叫著，然後大口喝水。

參賽者只剩下幸二一個人。

「好厲害……那個孩子太厲害了。」

「他不怕辣嗎？」

「哇喔，哇哇哇……」

幸二在眾人的注視下，緩緩把最後一口吞了下去。

「啊，謝謝款待！」

周圍響起一陣歡呼聲。

「好厲害！真是太厲害了！出現了一個超強小學生！少年郎，恭喜你！這一萬元獎金非你莫屬！」

幸二接過獎金，在心裡笑了起來，這真是太棒了。

以後可以經常報名參加這種挑戰吃辣的比賽，這樣就可以賺到很多零用錢。啊，真是太慶幸自己吃了「嗆辣櫻桃」。

幸二心滿意足的回到謙一身旁。

「哥哥，我們先回家，我想讓媽媽看我拿到的獎金。」

「對、對啊，最好不要帶著一萬元在身上到處亂走。」

於是，兄弟兩人一起走回家。沒想到——

走到半路時，幸二的肚子突然咕嚕動了一下。幸二加快了腳步。

「嗯？」

他有一種不妙的感覺，必須馬上回家。

「喂，幸二，幹麼走那麼快！」

謙一驚訝的問，但是幸二沒有理會他。

咕嚕咕嚕咕嚕嚕……

幸二覺得好像有一條蛇在肚子裡竄來竄去，他要上廁所！

幸二摸著屁股，終於回到家裡，然後直奔廁所。

「噗啦啦啦、嗶啦嗶啦、噗！」

巨大的衝擊，讓他以為自己的屁股要爆炸了。

「嗚啊啊啊！」辛二忍不住發出了慘叫，「好痛好痛，痛死我了！燒起來了，我的屁股快燒起來了！」

他覺得自己的屁股在噴火，痛不欲生，讓他忍不住哇哇大哭了起來。但是即使他大哭大叫，情況也完全不見好轉。

兩個小時後，辛二終於搖搖晃晃的走出了廁所。

「我快……死了。」

辛二重重倒在自己的床上。雖然肚子不痛了，但是他現在渾身

無力，而且屁股仍然發出陣痛，今天可能沒辦法坐在椅子上了。

幸二好像殭屍一樣躺在床上，謙一擔心的問他：

「你還好嗎？」

「我不好……為什麼會變成這樣？」

「因為你吃了那麼辣的咖哩，當然會吃壞肚子。」

「不，不可能啊，因為我已經吃了『嗆辣櫻桃』。」

『嗆辣櫻桃』？那是什麼？」

「……」

「喂，你快說啊，那是什麼？」

謙一不停的追問，幸二終於說了實話。

他告訴哥哥，自己去了神奇柑仔店「錢天堂」，在那裡買了名叫「嗆辣櫻桃」的商品。因為吃了「嗆辣櫻桃」，所以他再也不怕吃辛辣的食物。

「怎麼可能會有這種魔法般的事？」謙一聽了依然不相信幸二說的話，於是他從書桌抽屜裡拿出「嗆辣櫻桃」的空瓶子，把它交給謙一。

謙一瞪大了眼睛。

「就是這個嗎？」

「對啊，『嗆辣櫻桃』原本就裝在這個瓶子裡。」

「是喔，雖然我還是不太相信……但是說起來的確很奇怪，你突然開始愛吃辣的東西，我就覺得有問題，原來只是因為吃了有魔法的零食。」

謙一在說話的同時，把拿在手上的小瓶子轉來轉去，仔細打量瓶身，然後他突然停止動作，深深的嘆了一口氣。幸二歪著頭問：

「哥哥，怎麼了？」

「你真是太傻了，你沒有看瓶底嗎？」

「啊？」

「上面寫得很清楚啊，你自己看。」

幸二接過小瓶子後翻了過來，發現瓶底貼著一張白色貼紙，上面用很小的字寫了以下的內容：

一旦吃了「嗆辣櫻桃」，任何辛辣的食物都難不倒你，但是要小心一件事，如果不懂得節制，一天吃超過相當於十根尖椒的辛辣食物，屁股就會噴火。

「啊啊啊！」幸二趴倒在床上。

怎麼會這樣！沒想到竟然有這種陷阱！早知道會這樣，他絕對

不會去吃什麼「地獄咖哩」！

看到辛二大受打擊，謙一起初覺得很好笑，但他突然露出嚴肅的表情開口說：

「我問你，你為什麼要去買『嗆辣櫻桃』這種東西吃？」

「因為你每次都說我是不敢吃辣的小毛頭。」

「你根本不必在意這種事，因為……我在小學一年級的時候和你一樣，不管是芥末還是黃芥末醬，我都比你更不敢吃。」

「是、是嗎？」

「對啊，但我現在終於敢吃了，所以才會高興得故意調侃你。對

不起。」

謙一道歉後，緊接著又說：

「但是那家柑仔店好像很有意思，我也想去看看。」

「我也很想再去一次，但是……我找了很久，都沒有找到。」

「你怎麼可以輕易放棄？好，明天之後，我和你一起去找。如果找到那家店，我們再一起去買有趣的零食。」

幸二看著哥哥發亮的雙眼，稍微打起了精神。

幸二很喜歡哥哥這種個性，雖然他經常調侃自己，但是在自己沮喪失落時，哥哥總是會鼓勵自己重新振作起來。「嗆辣櫻桃」能讓

自己體會到這件事，果然很厲害。

「幸好我買了『嗆辣櫻桃』。」幸二打從心裡這麼想。

入間幸二，七歲的男孩。平成二十年的十元硬幣。

3 送禮扇

「這次該怎麼辦呢？」俊子嘆著氣嘀咕著。

她最討厭的中元節（注）即將到來。

俊子覺得中元節和年底的送禮季節很可怕。她並不討厭送禮物給曾經照顧自己的師長和親戚，她煩惱的是不知道該挑選什麼禮物。

既然要送禮，當然希望對方收到禮物後會高興，只不過每個人喜歡的東西不一樣，所以真的令人很煩惱。

結婚至今，她已經當了三十年的家庭主婦。

她每年還要張羅送給丈夫上司的禮物，但至今仍然對送禮這件事很沒有自信。因為「不知道別人喜不喜歡我送的禮物」，所以每年一到送禮季節，她就會苦惱不已。

「我記得去年寄了果凍禮盒給坂田先生，因為他喜歡吃甜食，所以這次可以送果汁禮盒。吉住太太就像往年一樣，送高級毛巾禮盒。倉田叔叔就送酒，這次也許可以考慮送葡萄酒。但是……最煩惱的還是不知道要送公公什麼。」

俊子很怕她的公公，也就是她丈夫的父親。她的公公沉默寡

言，總是板著臉，不知道在想些什麼。就連丈夫──公公的親生兒子，也總是苦笑著說：「我搞不懂我爸爸。」

俊子每逢中元節和歲末都會送禮物給公婆，婆婆每次都會打電話來道謝，但是從來沒有聽過公公表達任何感想，所以俊子總是提心吊膽，很擔心公公不喜歡自己寄去的禮物。

丈夫總是漫不經心的說什麼「隨便選一個禮物就好」，因此和他討論也沒用，必須自己想辦法解決。俊子為這件事感到很有壓力，但還是決定去百貨公司挑禮物。

一走出門外，悶熱的空氣就包圍了全身，熾熱的陽光讓俊子感

到頭暈。

「已經是大熱天了，唉，我真不想出門。」

俊子撐起陽傘，走向百貨公司。

但是，也許是因為她很不甘願出門，也可能是因為吹來的熱風讓她失去了方向感，她竟然走錯了路，走進一條陌生的小巷子。

「哎喲哎喲，真傷腦筋，我竟然會走錯路，真是太丟臉了。」

她東轉西轉，卻遲遲找不到出口，走不出那條巷子。

走著走著，她發現了一間柑仔店。

哎呀，俊子忍不住露出了笑容。

「好久沒有看到柑仔店了，最近柑仔店越來越少⋯⋯錢天堂？這家店的招牌很漂亮，而且特別有氣氛，只不過開在這種巷子深處，應該很少有小孩光顧吧？」

俊子一邊嘀咕著，一邊走向那家店。她從小就很喜歡柑仔店，眼前這家店讓她回想起小時候的心情，忍不住越來越興奮。

當她看到那家店的商品時，興奮的心情就更加強烈了。

這些零食都很誘人。大瓶子裡裝滿了糖果和銀幣巧克力，好像寶石般閃爍著光芒。看起來像白骨的「愛你入骨鈣片糖」，像貓眼一樣的「貓眼糖」，還有鮮豔條紋圖案的「毒蛇果凍」。

除此之外，還有「空空豆」、「炫耀餅乾」、「暈頭轉向蘇打餅」，總之，全都是一些從來沒有見過的商品。牆上還貼著『滑溜溜雪酪』有貨」、『鬧鬼冰淇淋』上市了」的貼紙。

撲通撲通撲通撲通，俊子覺得自己心跳加速。

這裡可以買到自己真正想要的東西。她沒來由的產生了這個念頭。然後，她真的找到了。

那件商品夾在「回家蛙」和「醫生汽水糖套組」中間，正在呼喚俊子：

「我在這裡，趕快看我，快把我拿起來，這是特別為你製作的。」

俊子覺得那件商品在聲聲呼喚她，她情不自禁的拿了起來。

那是一把看起來很廉價的小折扇，白色的紙黏在塑膠骨架上。

她打開看了一下，白色的扇面上沒有圖案，也沒有畫畫，是一把非常樸素的折扇，但是俊子無法把折扇放回貨架。

「就是它，我就是為了這把折扇才來這家店。」

正當她直覺的這麼認為時，一位高大的老闆娘從店內走了出來。

老闆娘可能比普通的男人還要高一個頭，而且也很福態，整個人氣勢十足。她身上的紫紅色和服有著古錢幣的圖案，看起來很瀟灑，插在頭髮上的許多髮簪也很時尚，又不會太過花俏。

老闆娘看起來很年輕，但是她那一頭白髮，讓人完全看不出她

的年紀，既像是很年輕，又好像上了年紀。

這位神奇的老闆娘手上拿著一個大啤酒杯，裡面裝了咻咻冒著

氣泡的飲料。她大白天就開始喝啤酒嗎？俊子忍不住感到驚訝，但

是她接著發現飄來的味道並不是啤酒，而是更加清新的氣味。

老闆娘對她嫣然一笑。

「哎喲，有客人上門啦，那就晚一點再來品嚐『橄欖球啤』的味

道。」

老闆娘說完，把啤酒杯放在櫃臺上，走向俊子說：

「咳咳，歡迎你來到『錢天堂』。啊！你已經找到自己想要的商品了。」

老闆娘看著俊子拿在手上的折扇這麼說，俊子則像小孩子般用力點著頭。

「我想買這個。」

「好的、好的，你要買『送禮扇』。」

「送禮扇？」

「對，這很適合經常煩惱不知道該送別人什麼禮物的人，如果你想買這把扇子，價格是一百元。」

柑仔店的東西就是實惠，這麼迷人的商品竟然只要一百元。

俊子感到讚嘆的同時，拿出了皮夾。她覺得拿零錢很麻煩，於是遞了一千元給老闆娘，沒想到老闆娘不收。

「平成三年的一百元硬幣支付。」

「平成三年的？但我不知道有沒有。」

「你一定有這個年分的硬幣，你一定有。」

老闆娘露出嫵媚的眼神，讓俊子感到有點害怕。她拿出零錢包找了一下，沒想到真的有平成三年的一百元硬幣。

俊子覺得太不可思議了，於是把錢交給老闆娘。老闆娘欣喜若

狂的說著什麼「今天的寶物」，但是俊子根本沒有聽清楚。

「我已經付了錢，『送禮扇』就是我的！」俊子心想。

俊子實在太開心了，忍不住笑了起來。柑仔店的老闆娘用甜美

的聲音小聲對她說：

「牌子背面寫了使用方法，請仔細閱讀。」

老闆娘的聲音，和她說出口的話都產生了回音，好像遠處響起

的鐘聲。

俊子猛然回過神，抬起了頭，「哎喲！」她忍不住驚叫起來。

這也難怪，因為她發現自己竟然站在家門口。她剛才瞬間移動

了嗎？不對，她可能是在做白日夢。但是，她手上的確拿著「送禮扇」。

俊子發現扇子在手上後，頓時覺得其他的事都不重要了。她急忙走進家門，坐在沙發上，仔細打量手上的「送禮扇」。

她越看越覺得這把扇子很像便宜貨，只能當成小孩子的玩具，但是它散發出迷人的魅力，緊緊抓住了俊子的心。

這到底是什麼？

俊子拿起掛在握把處的吊牌，藍色的牌子上用很美的紫色墨水寫了以下的內容：

送禮雖然是一件開心的事，但也很費心思。這種時候，請務必使用

「送禮扇」，可以提升你挑選禮物的品味，選出最適合對方的禮物，送禮送到對方的心坎裡。使用方法很簡單，只要想著對方，打開這把「送禮扇」搧幾下，扇面上就會浮現答案。

「怎麼可能？」俊子忍不住吐槽，「這種不切實際的事情會發生？那個老闆娘還真會開玩笑……但、但是，我來試一次看看？反正天氣很熱，我正想搧搧風。」

俊子為自己找了藉口，然後打開「送禮扇」。她的腦海中最先

浮現了公公皺著眉頭的臉。

「無論送什麼，婆婆都會很高興，所以婆婆不是問題，但是公公

的話⋯⋯送他什麼禮物，他會感到高興呢？」

俊子想著要送能讓公公露出笑容的禮物，然後用扇子搧了兩、

三次。雖然這把扇子一看就知道是便宜貨，但是使用的感覺很舒

服，搧出來的風也很柔和。

俊子有點陶醉，不經意的看向「送禮扇」，立刻大吃一驚。原

本白色的扇面上，竟然浮現了紫色的字。

「啊！怎、怎麼回事？真的有字出現了！」

俊子在驚訝的同時，看著扇面，上面寫了這麼一行字：

「夏琳夫人的布丁」。

「啊啊啊啊！」俊子忍不住驚叫起來。

「夏琳夫人」是最近電視上經常介紹的一家甜點店。不過這件事

不重要，重要的是公公竟然想吃布丁？不可能吧？比起甜食，公公

更愛喝酒，實在難以想像他吃甜食的樣子。

俊子感到驚訝的期間，「送禮扇」上的文字變得越來越淡，最後

消失了。

於是，俊子再試了一次。

公公。總是皺著眉頭，不知道他在想什麼的公公。他到底喜歡

什麼禮物？

她在問「送禮扇」的同時搨了起來，扇面上又出現了同樣的文

字：夏琳夫人的布丁。

結果和剛才一樣，俊子決定相信「送禮扇」。

「偶爾大膽嘗試一下也沒關係，如果公公不滿意，下次再更用心

就行了。好，接下來問『送禮扇』，送田邊先生什麼禮物比較好。」

俊子接連想了幾位要送禮的對象，詢問「送禮扇」，然後把答

案抄在便條紙上。

罐頭禮盒、火腿、薑糖漿、咖啡。

她當然也訂了「夏琳夫人」的布丁寄給公公。

俊子今年中元節送的禮物大受好評，大家收到她寄出的禮品後，都紛紛打電話向她道謝。

「你怎麼會知道我剛好想要這個？」

「我家的咖啡剛好用完，你送來的咖啡簡直就是及時雨。」

「我之前就一直想試試薑糖漿，沒想到就收到你寄來的禮物，太感謝了。」

聽到大家發自內心的感謝，俊子喜出望外，心情好像飛上了天。

最令人高興的是，她接到了公公的電話。公公可能很喜歡收到的布丁，他在電話中小聲的說：「布丁很好吃，謝謝你。」

俊子高興得忍不住想要跳舞。

「我買這把『送禮扇』真是買對了，這樣年底送禮也不用發愁，到時候再拜託啦。」

俊子小心翼翼的把「送禮扇」放進書桌的抽屜裡。

夏去秋來，秋天也結束，迎來了冬天。轉眼之間，又到了年底送禮的季節。

但是俊子這次充滿期待，因為有了「送禮扇」這個法寶，送禮

這件事根本難不倒她。

俊子充滿信心的從抽屜裡拿出「送禮扇」。

「先問公公的禮物。今年過年我們沒辦法回公婆家，至少要送出能讓他們滿意的禮物。『送禮扇』，萬事拜託了。」

她打開扇子，想著公公搧了幾下，扇面上立刻出現了文字。

「出現了、出現了！又出現了！」

俊子欣喜若狂，正打算把扇面上的文字抄下來，卻猛然停下了動作。「送禮扇」上寫著「冰淇淋」，但是這幾個字讓她感到不太對勁，勾起了她記憶深處的往事。

「冰淇淋……我記得公公不喜歡吃冰的。三年前，中元節回家探親時，我記得他曾經說過吃冰淇淋會牙齒痛，所以向來不吃……」

但是，「送禮扇」上明確寫著「冰淇淋」三個字。

謹慎起見，俊子又試了兩次，但是兩次都出現了「冰淇淋」。

嗯……俊子煩惱了起來。

怎麼辦？既然是「送禮扇」的答案，那麼應該不會錯，但是也不能忽視公公說過的話。怎麼辦？該怎麼辦？

她猶豫了很久，最後終於做了決定。

「我記得公公之前說到冰淇淋時，臉上的表情不是很開心，還是

不要送他冰淇淋比較好。我再好好思考要送公公什麼禮物，其他人的禮物就交由『送禮扇』決定。」

俊子在寒冷的天氣裡走到百貨公司，她決定送公公和婆婆各一雙室內鞋。

那是深綠色和酒紅色的室內鞋套組，鞋子的外形很時尚，鞋子裡面蓬鬆柔軟，看起來很溫暖，而且鞋底還有貼心的防滑設計，讓老人家不容易滑倒。

「穿上這雙室內鞋，即使冬天在走廊上走動，也不會覺得寒冷了。如果穿拖鞋，腳很容易著涼。」

俊子暗自覺得自己挑到了出色的禮物。

然而——

接下來的幾天，她陸續接到幾通朋友說收到歲末禮物的電話。

但是，俊子感到有點不太對勁，因為大家在電話中說話的聲音聽起來都有點客套。雖然他們都說「很高興收到你寄來的禮物，謝謝你」，但是不像之前中元節那樣，是發自內心感到高興的感覺。

這次送的禮物沒有送到對方的心坎裡嗎？不可能會有這種事，

因為自己送的都是「送禮扇」為他們挑選的禮物。

俊子感到很不安，於是把「送禮扇」拿了出來，仔細檢查了一

下。她以為扇子可能有哪裡撕破了，導致影響了效果。

扇子完好如初，但她發現了其他問題。在扇子的塑膠骨架上，雕刻了很淡的文字：

注意：僅限夏天使用。

俊子無力的癱坐在地上。

「只、只有夏天可以使用……怎麼會這樣？」

沒想到會有這樣的陷阱！因為只有夏天會使用扇子，其他季節無法發揮作用，所以才會出現那些亂七八糟的答案嗎？果真是這樣

的話，俊子這次送出去的禮物，親友們可能都不喜歡。

這個打擊太大了，讓俊子抱住了頭。

正當她沮喪不已時，收到了一封限時掛號信。寄信的人是婆婆。

「謝謝你送我們這麼暖和的室內鞋！爸爸很喜歡，每天在家裡都穿著。」

信中還附了一張照片，俊子看到照片，立刻笑了起來。

照片上，穿著深綠色室內鞋的公公，正舒舒服服的坐在沙發上打瞌睡。

小湊俊子，五十八歲的女人。平成三年的一百元硬幣。

注：日本中元節，一般在八月十三至八月十六日，又稱為盂蘭盆節。日本人在此節日會互相送禮，也會返鄉祭祖。

4 研究員的決心

關瀨和彥感到很絕望。

這兩個月以來，他沒有做任何像樣的工作。以前他總是研究項目的中心人物，現在卻整天做一些誰都可以做的雜務。像是打掃、收拾其他同事用完的工具，或是整理資料。

有時候甚至連這些工作都沒機會做，他只能坐在辦公室角落的

桌子旁。

這種情況讓他感到很痛苦，覺得自己快撐不下去了。

「早知道就不要向六條教授提意見。」

這不知道是他第幾百次感到後悔了。

在這個研究所，六條教授就是國王。因為之前和彥提出了和六條教授相反的意見，所以六條教授很生氣。

那天之後，六條教授對他的態度就很冷淡，把他當成空氣，也對他說的話充耳不聞。

從某種意義上來說，不理不睬可能是最傷人的行為。

但是，研究所內完全沒有人袒護他，大家反而仿效起教授，都

不理會他。

原本以為是朋友的同事，現在卻露出蔑視的眼光看自己；以前總是叫自己學長，找自己幫忙的學弟，現在卻很不客氣的對他說：

「關瀨，幫我倒杯茶。」和彥發現他們的眼神中都帶著竊喜，不由得感到不寒而慄。

他食不下嚥，整個人瘦了一大圈。這一陣子他早上都起不來，一想到要出門到研究所上班，胃就開始抽痛。

「乾脆辭去研究所的工作算了。」雖然他曾經這麼想過，卻無法下定決心。

他覺得一旦辭去研究所的工作，自己就一無所有了。想到要放棄至今為止辛苦建立的一切，從零開始，他就感到害怕不已。他必須養家餬口，照顧妻子和女兒，所以只能硬著頭皮繼續留在這裡。

也許、也許有一天教授會改變，也許他會重新把自己視為得力助手。

有一天，一名比他晚進研究所的後輩對他說：

「關瀨，請你把這個箱子搬到第二會客室旁的小房間，反正你也閒著沒事，沒問題吧？」

和彥帶著這樣的期待，咬牙忍耐著每一天。

對方狗眼看人低的態度讓和彥很生氣，但他沒有吭聲，默默搬起那個箱子。

他拿起箱子時，忍不住吃了一驚。因為箱子並不大，分量卻很重，他忍不住問後輩：

「箱子裡裝了什麼？」

「喔，就是那個外形像手錶，可以測量滿意度的感應器。最近那些神祕客，都陸續把手錶寄回來了。」

「啊？」

「研究所把零錢裝在護身符的袋子裡，最近在全國各地的神社寺

廟附近，派人免費發放給小孩子，然後再把手錶外形的感應器，交

給去過『錢天堂』的小孩，讓他們戴在手腕上。因為有特殊設計，

經過幾天之後，手錶的電池會自動耗盡，那些小孩就會把手錶寄回

來，要求我們更換電池。」

和彥感覺到自己頓時臉色發白。

「這個計畫不是取消了嗎？六、六條教授知道這件事嗎？」

「哪有什麼知不知道，這是教授的主意，實驗的數據資料已經蒐

集得差不多了，接下來就要開始執行計畫，不過這件事可能和你沒

什麼關係。」

後輩露出一抹蔑視的笑容，然後轉身離去。

但是，和彥愣在原地無法動彈。沒想到當初他不惜惹教授生氣，大膽向教授提出「請不要再使用小孩子當神祕客」的意見，一切努力都白費了。他的內心突然湧現了強烈的憤怒。

教授是個冷酷的人，完全不在意自己所做的事是否會犧牲他人。自己之前竟然會相信、尊敬那種人，而且還追隨他到現在。

他無法再繼續欺騙自己。

「我要辭職離開這裡，沒錯，我要辭職。」和彥心想。

「但是必須有人阻止教授，否則這個計畫真的會開始執行，到時

候……啊啊，真的會很不妙！」

和彥絞盡腦汁思考，終於他靈光一閃，想到了一件事。

他悄悄尋找準備發給小孩子的護身符放在哪裡，幸運的是，他發現那些護身符都放在很少有人出入的儲藏室。

和彥趁人不備，溜進了儲藏室，然後神不知鬼不覺的開始做某件事……

5 時間萊姆片

「啊啊啊，好忙啊！神啊，請多給我一點時間！」

華鈴忍不住嘆著氣叫了起來。

學校每天都有很多功課，而且放學之後，她還要去補習和學才藝。

星期一和星期四要上英語課，星期二和星期三要去補習班，星期五學游泳，星期六要學鋼琴，只有星期天才可以休息。

去上才藝班中途的休息時間，她可以玩遊戲、看漫畫，但這種

快樂的時光總是轉眼之間就結束了。

華鈴並不討厭讀書和學才藝，反而樂在其中，但升上小學六年級後，要比之前花更多時間讀書，讓她的壓力越來越大。

真希望有更多時間，讓她可以喘口氣。

這種想法越來越強烈，於是那天要去補英文的時候，華鈴終於蹺了課。她假裝去英語補習班，但偷偷走向另一條路。

雖然蹺了課，但她仍然感到心神不寧。

自己做了壞事，如果被媽媽知道一定會挨罵。她滿腦子都在擔心這件事，卻仍然不想去上課，一直漫無目的的在街上閒晃。

這時，華鈴好像聽到有人在叫她。

她停下腳步，抬起了頭，發現馬路旁有一條小巷子，昏暗的巷子很長，完全沒有人影，一直延伸到深處，簡直就像是通往森林的小路。

如果是平時，華鈴絕對不會走進去，但是今天她突然覺得這條巷子太迷人了。

「好誘人的巷子，我無論如何都想走進去看看。」

她帶著出門探險般的激動心情走進了巷子，然後來到巷子深處的一家柑仔店前。

那家店掛著「錢天堂」的招牌，店門口陳列的零食不計其數。

華鈴就像發現了寶藏一樣，目不轉睛的打量著那些商品。

這時，她聽到了「啪答啪答」的聲音，一個高大的女人匆匆忙忙的從後方跑了出來。

老闆娘長得又高又大，不知道她是不是有染髮，她頂著一頭雪白的頭髮，穿了一件漂亮的紫紅色和服，頭髮上插了很多髮簪，感覺很時尚，但是手臂上搭著一件摺起來的白色道服。

華鈴大吃一驚，老闆娘似乎也嚇了一跳。她瞪大了眼睛，自言自語的說：

「哎呀哎呀，我正要去練空手道……好，沒關係，當然要以客人為優先，練空手道稍微遲到一下沒關係。」

然後，老闆娘對著華鈴笑了笑說：

「幸運的客人，歡迎光臨，歡迎你來到『錢天堂』，請進、請進。」

華鈴想要拒絕。老闆娘正打算去練空手道，如果因為自己的關係而遲到，未免太可惜了。雖然她在心裡這麼想，但是等到回過神時，才發現自己已經走進了柑仔店。

店內簡直就是寶藏屋，所有貨架上都陳列著零食，牆壁和天花

板上也掛著貼紙、飛機、玩具和面具。

眼前的景象讓華鈴驚訝得說不出話來，老闆娘用甜美的聲音詢

問她：

華鈴不加思索的脫口回答：

「我希望生活可以過得更悠閒，我想要有喘息的時間。」

「我可以為你找出適合你的零食，請問你有什麼心願？」

心願？她目前最大的心願當然就是……

「喔喔喔，這樣啊，原來是這樣。」

老闆娘注視著華鈴的臉，她的眼神好像看到了華鈴的內心深

處，華鈴不由得害怕起來。

不一會兒，老闆娘點了點頭說：

「你看起來的確壓力很大，既然這樣，有一款很適合你的零食，應該能滿足你的心願。」

老闆娘說完，從貨架上拿了一樣東西，遞到華鈴面前。

那個商品看起來像是切片的萊姆，用透明的保鮮膜包了起來。

萊姆的外皮是鮮豔的綠色，中間則是黃色，上面用巧克力畫了時針和分針，指針的前端是箭頭的形狀。萊姆片上撒了砂糖，看起來閃閃發亮。

華鈴頓時感到口乾舌燥。

「我想要！我想要這個！」華鈴心想。

內心湧現的欲望，讓她感到全身都有點刺痛。

老闆娘小聲的對華鈴說：

「這是『時間萊姆片』，很適合忙不過來的人。只要吃了它，就可以有充分的休息時間，你想買這個嗎？」

「我、我想買！」

「價格是五百元。」

五百元的價格有點貴，但是華鈴完全沒有猶豫。

只要能買到「時間萊姆片」，即使花光存在撲滿裡的所有零用

錢也沒有關係。

只可惜華鈴身上沒帶錢，她想趕快回家拿，卻被老闆娘叫住了。

「不急不急，請等一下，你先不要急。根據我的觀察，你身上一

定有錢。比方說，你要不要看一下這個護身符裡面有沒有錢？」

老闆娘說的護身符，是不久之前華鈴去參加神社的廟會，在那

裡拿到的。水藍色的袋子上繡了「招福」兩個字，因為她的書包上

掛了奶奶送給她的護身符，所以就把水藍色的護身符掛在上英語補

習班用的背包上。

華鈴沒有發現老闆娘眼睛一亮，她打開護身符，發現裡面竟然真的有一枚五百元硬幣。

她欣喜若狂，把錢交給了老闆娘。

「很好很好，這是今天的幸運寶物，平成三十一年的五百元硬幣。對了，這個護身符是在哪裡買的？」

「這個嗎？它是別人送的，在神社的廟會免費發放。」

「這樣啊，之前也有其他客人拿了相同的護身符來店裡，如果這是巧合，那也未免太⋯⋯不，這種事不重要。來，這是你的『時間萊姆片』。」

「謝謝！」

「背面有說明書，請你仔細看清楚。」

「好！」

華鈴終於買到了「時間萊姆片」。她樂不可支的接了過來，興奮得臉都紅了。她很想馬上就吃，卻發現老闆娘一直看著她，這才想起老闆娘要她看說明書這件事。

華鈴把「時間萊姆片」翻了過來，發現保鮮膜上貼了一張很大的白色圓形貼紙，上面用小字寫了以下的內容。

「時間萊姆片」的使用方法。在享受快樂時光前，唸一次「時間加倍」，就可以用比平時多一倍的時間，充分享受快樂時光。如果唸「時間快轉」，就可以讓時間過得很快。無論是哪一種情況，在結束時都要說一次「時間停止」。如果忘了這個咒語，就直接說另一個咒語，一整天都會陷入時間延遲，必須格外小心。

華鈴平時讀參考書和課本都讀得很仔細，所以她也讀了兩次說明書的內容。

原來是這樣，只要吃了「時間萊姆片」，就可以讓快樂的時間

變成兩倍；相反的，也可以縮短自己不喜歡的時間，但是如果「時間延遲」會發生什麼事？

華鈴有點不安，打算向老闆娘確認，但是當她抬起頭時卻大吃一驚，因為老闆娘已經不見蹤影，柑仔店和不計其數的零食都消失不見了。

華鈴站在空無一人的巷子內，轉頭看向後方，看到了大馬路。

那是她很熟悉的街道。

自己是在什麼時候回到這裡的？

「好、好像在做夢⋯⋯」

但是，她手上拿著「時間萊姆片」，證明剛才這一切並不是在做夢。

「好！」華鈴下定了決心。

雖然有點不安，但她決定吃下「時間萊姆片」試試看。她清楚的知道，而且明確體會到「時間萊姆片」絕對有神奇的力量，絕對是自己需要的能力。

她現在要馬上吃，吃了之後，再試用一下這種能力。如果有什麼負面影響，要是沒什麼大不了的，只要以後不再使用就行了。

華鈴小心翼翼的把貼紙撕下來，從書包裡拿出英語筆記本，貼

在筆記本的封底。只要貼在這裡，就可以隨時重新確認。貼完之後，她才撕開保鮮膜。

清新的萊姆味道頓時撲鼻而來，讓她口水都快流下來了。

太香了！華鈴激動不已，咬了一小口「時間萊姆片」。

「哇！太好吃了！」

卡滋卡滋。砂糖的口感很美妙，萊姆獨特的清新香氣和酸酸甜甜的味道，就像音樂在她的嘴裡綻放，宛如一陣風進入她的身體，但美妙的香氣卻一直留在嘴裡。畫成時針和分針的巧克力帶有淡淡的苦味，和萊姆簡直是絕配。

華鈴以前從來沒有吃過這麼好吃的東西。她吃得津津有味，等到回過神時，才發現自己已經把「時間萊姆片」吃得一乾二淨。

「吃完了。早知道就慢慢吃，這樣才可以細細品嚐。」

華鈴舔著手指，有點遺憾的這麼想。不知道是不是吃了「時間萊姆片」的關係，她覺得心情很好。輕快的心情讓她覺得任何事都難不倒自己，這一定是「時間萊姆片」的力量進入了她的身體。

好想趕快試一試。

華鈴先去了圖書館。她很愛圖書館，每次都很希望可以慢慢挑書，然後好好看一下，只不過時間都過得很快，一下子就要回家

了。她希望今天有時間可以好好看書。

她走進圖書館時，先看了一下時鐘。現在是四點半，五點半要回到家，所以五點就要離開圖書館了。也就是說，她只有三十分鐘的時間。

她吸了一口氣，悄悄說了一句：

「時間加倍。」

「嘎答。」她聽到了好像齒輪咬合的聲音。

華鈴緊張得左顧右盼，但是周圍完全沒有任何變化。

「我就知道，不可能發生這種好像做夢一樣的事。」

雖然有點失望，但她還是在書架之間走來走去找書。剛好，她找到了一本想看的書，便隨手翻閱起來。原本她只是想稍微看個幾頁，沒想到故事比她想像得更有趣，她一頁接著一頁看了起來。

「啊！慘了！」

華鈴猛然回過神時，嚇得臉色發白。

自己看書看了多久？故事已經接近尾聲，所以時間一定已經過了很久。

她慌忙看向時鐘，不禁瞪大了眼睛。四點四十五分，離剛才確認時間竟然才過了十五分鐘而已。

怎麼可能會有這種事？華鈴在內心大叫起來。無論她再怎麼想，時間絕對已經超過了三十分鐘。

這時，她發現了一件事。是「時間萊姆片」的力量，讓她在圖書館的時間變成了兩倍。

「原、原來是真的！」

華鈴太高興了，眼淚在眼眶中不停打轉。

從今以後，快樂的時光可以加倍享受，和朋友聊天的時間，假日出門玩樂，還有休息的時間都可以延長。

這麼一想，她覺得樂翻了天。

她用剩下的時間看完書，又說了一句「時間停止」，帶著愉快的心情走回家裡。

但是一進家門，她就發現媽媽露出可怕的表情在等她。

「華鈴！你今天沒去上英文課，對不對？老師剛才打電話來家裡，這是怎麼一回事？」

慘了。華鈴忍不住低下了頭。

沒想到蹺課的事這麼快就被媽媽發現了。啊，媽媽用力皺起了眉頭，一定會滔滔不絕的罵很久，好煩啊！

這時，華鈴靈機一動。

沒錯，現在正是使用「時間萊姆片」的大好時機，就讓挨罵的

時間快轉吧。「時間萊姆片」剛才讓時間延長了，所以一定也能讓時

間快轉。

總之，先試了再說。華鈴小聲的嘀咕：「時間快轉。」

「嘎答、嘎答。」輕微的聲音連續響了兩次。

媽媽說話的速度變得很快，根本聽不到她在說什麼。

華鈴愣住了，這是怎麼回事？時間感覺真的在快轉。

她有點害怕，急忙說了聲：「時間停止。」

媽媽說話的速度立刻恢復了正常。

「華鈴，你聽到了沒有？」

「啊、啊？」

「你不可以蹺課，下次不可以再這樣，知道了嗎？」

「嗯。」

華鈴用力的點了點頭。

「我保證，我再也不會蹺課了。」

她有了「時間萊姆片」的力量，可以縮短自己不喜歡的時間，也可以延長自己覺得快樂的時間，有了這麼驚人的能力，她高興得不得了。

「好，以後我要盡情使用，做很多開心的事。」

那天之後，華鈴每天都使用「時間萊姆片」的力量。

在可以玩遊戲的休息時間，或是假日出去玩的時候，她都會偷偷的說：「時間加倍。」

在學一些她不是那麼喜歡的才藝，或是上課很無聊時，她就會說：「時間快轉。」

有了「時間萊姆片」之後，華鈴每天的生活都很快樂，也不再有之前那種忙得快要窒息的感覺。

而且還有另一件令人開心的事。在買了「時間萊姆片」的隔

天，她從補習班放學回家時，有一個陌生的女人叫住了她。那個女人說「錢天堂」的老闆娘，請她把「時間萊姆片」附贈的手錶贈品送給華鈴。

著它。

那個女人交給華鈴的手錶很好用，所以華鈴去學校的時候也戴

可能因為手錶是便宜貨，才戴了沒幾天，電池就沒電了。華鈴把手錶裝進那個女人同時交給她的信封中，投進了郵筒。只不過寄出之後等了很久，一直沒有收到寄回來的手錶。不知道是受騙上當了，還是在郵寄途中遺失了。

不過，華鈴即將參加中學考試，所以她最近沒空在意這種事。

現在放學後，華鈴很少和同學一起去玩，媽媽也不准她去圖書館，並且暫停上游泳課，但是去補習班的日子增加了。

就連難得的星期天，也必須在家讀書，為中學考試做準備。總之，華鈴每天都在讀書。

因為壓力太大了，所以華鈴一天會說好幾次「時間快轉」。

「啊啊，好累啊……如果沒有『時間萊姆片』，我搞不好根本撐不下來。」

華鈴發自內心這麼想。

但是某個星期天，爸爸竟然對華鈴說：「你今天不必讀書了。

你最近很用功，偶爾也要放鬆一下。今天我們開車出去兜兜風，再

吃些好吃的東西，好不好？」

「好！」

「那就趕快出門吧。」

「太棒了！」

華鈴心花怒放。

她已經有好幾個月沒有坐爸爸的車子出門兜風，一家人也很久

沒有出去玩了。既然這樣，當然要唸一下那個咒語。

華鈴和爸爸、媽媽一起坐上車時，說了已經有很久沒說的「時間加倍」這個咒語。難得出門玩，她想延長快樂的時間，好好享受一下。

和爸爸、媽媽一起兜風很開心，華鈴坐在車上，心情愉快的看著窗外的風景，一邊和爸爸、媽媽聊天。

車子很快就開上了高速公路，但是車流量突然增加，車速也慢了下來，最後他們陷在車陣當中動彈不得，遇到了塞車。

「哎呀哎呀，這下子傷腦筋了。」

「爸爸，塞車會塞多久？」

「不知道，我猜可能要三十分鐘左右，你們想不想上廁所？」

「現在還不想……」

車子無法動彈，華鈴坐在車上感到很無聊。她心急如焚，覺得自己快窒息了。

「啊，我受不了了！我才不想像這樣浪費時間。」華鈴心想。

「時間快轉。」華鈴唸了咒語。這樣就搞定了，可以一下子縮短塞車的時間。

華鈴忍不住得意的笑了起來，等待車子再次前進。但是等了很久，車子仍然塞在高速公路上。難道前面發生了很嚴重的車禍嗎？

沒想到偏偏在今天出遊的時候遇到，運氣真是太差了。

這時，華鈴想要上廁所。距離剛才爸爸詢問已經過了很久，會想上廁所也很正常。

「爸爸，我想上廁所。」

「啊？你十分鐘前不是才說不想上嗎？」

華鈴聽了爸爸的話大吃一驚。

十分鐘？怎麼可能？無論怎麼想，都至少已經過了一個小時。

華鈴看著車上的數位時鐘，現在是十點二十三分。

她注視著時鐘，在心裡默默數到「六十」。但是，當她數完了

六十，時鐘上的數字仍然沒有改變。

於是，她又從一數到六十。

就這樣，她重複數了十次，時鐘才終於變成十點二十四分。

華鈴驚訝得張大了嘴，因為她發現，別人的一分鐘相當於自己的十分鐘。

到底是怎麼回事？為什麼會變成這樣？之前使用「時間萊姆片」，從來沒有發生過這麼奇怪的事。

「啊！」華鈴突然想起了一件事。

她想起「時間萊姆片」的說明書上，好像有提到這件事。如果

在結束時忘記說「時間停止」的咒語，就直接說下一個咒語，就會陷入時間延遲。

出門兜風時，華鈴說了「時間加倍」的咒語，結果剛才直接說了「時間快轉」。因為她很想擺脫塞車，太性急了，不小心忘了先說「時間停止」的咒語。

意思就是，她現在陷入了時間延遲嗎？時間拉長，變成了正常時間的十倍？

而且，她記得說明書上好像還寫著「時間延遲會持續一整天」，所以今天一整天都會持續這樣的狀態。

啊，慘了，好想上廁所。

「爸爸！拜託你！我要上廁所！我要上廁所！」

當華鈴大叫時，車子才終於動了起來。

這一天，華鈴體會了前所未有的漫長兜風，因為長時間坐在座椅上，她屁股都痛了，而且也有點暈車。

爸爸和媽媽也有點不高興。因為華鈴一下子吵著要上廁所，一下子又吵著要喝水，每次都只能停下車子。

「今天一路上都在團團轉，一點也不好玩。」爸爸忍不住嘟囔。

「沒想到你竟然每隔十五分鐘就要上一次廁所，而且才剛吃完飯，又說肚子餓了。華鈴，你今天怎麼了？」媽媽忍不住擔心的問。

但是，華鈴只能沉默不語。因為她知道，即使說了實話，爸爸和媽媽也不會相信。

她並不是每隔十五分鐘就想去上廁所，而是隔了兩個半小時，而且距離上次吃飯已經有七個小時了。

華鈴滿臉疲憊的看著窗外，從出門到現在已經過了九個小時，

但太陽還高掛在天空，兜風還沒有結束。

她沒辦法對爸爸和媽媽說：「我好累，我想回家。」只能重新在

156

座椅上坐好。

她發自內心想著：

「唉，我以後絕對不會再隨便使用『時間萊姆片』的力量了，所以老天爺請救救我，讓爸爸和媽媽趕快說：『差不多該回家了。』」

華鈴在內心祈禱的同時，又想去上廁所了。

糸井華鈴，十二歲的女生，平成三十一年的五百元硬幣。

6 鮮鮮乳酪蛋糕

「老公，你又買破爛回來了！」

仙司聽到太太大聲吼叫，忍不住縮起了腦袋。

「因、因為這次真的物超所值，這是寶物，價格也超便宜。」

「破爛當然很便宜啊。」太太語帶嘲諷的說。

仙司有點生氣的反駁：

「才不是這樣，這是真品，我的眼光錯不了！」

「你每次都這麼說，至今為止，買過幾次假貨了？古伊萬里的罈子呢？花二十萬買的掛軸呢？還有莫名其妙的金色佛像呢？這些不都是假貨嗎？」

「呃⋯⋯」

「唉，真是的！你好不容易退休，終於有了自由的時間，原本還想可以經常出門去旅行，結果你整天亂花錢，真的太讓人生氣了！」

你為什麼會去喜歡什麼爛古董！」

「你問我為什麼，我也⋯⋯」仙司低頭嘀咕著。

沒錯，仙司目前很熱衷蒐集古董。起初是因為剛好去逛跳蚤市

場，在那裡買了一個看起來像是放在盆栽下的老舊小盤子，價格只要一百元。

他拿給一位喜歡古董的朋友看，沒想到對方大驚失色，說那是很有名的陶瓷工藝品，收藏家可能願意出四十萬元收購。

仙司聽了，立刻迷上了古董。原來在一堆看似破爛的東西裡隱藏著寶物，從中尋找有價值的古董，簡直就像是在挖寶。

那天之後，他整天前往各地的跳蚤市場和古董市集，每次看到中意的東西就忍不住買下來，想著：「只要培養眼力，以後就有機會去參加『寶物鑑定』這個節目。」

「寶物鑑定」是一個猜謎節目，節目的來賓都是一般民眾，主辦單位會在節目上要求來賓，從這些展示品中，挑出最值錢的古董，並且猜出大概的價格。這個節目很紅，仙司每週都會準時收看。他眼前的目標和夢想，就是參加這個節目，並且獲得優勝。

只不過事情沒有他想像的那麼簡單，除了最初買的那個盤子是真品以外，之後買的東西全是一文不值的假貨。每次得知自己又買到假貨，仙司就發誓：「下次我一定不會再上當！」於是又花了很多錢購買他以為的古董，結果家裡的破爛越堆越多。

而且因為這樣，他和太太的關係也開始產生問題，但他仍然不

願意放棄蒐集古董，也不知道該怎麼辦。

既然太太怒氣沖天，那他就先溜出門再說。

「我、我要出門去散步。」

仙司衝出了家門。即使他在外面亂逛，心情也無法好起來。

「我果然沒有眼光嗎？看來要去上『寶物鑑定』根本是遙不可及的夢。話說回來，夏子這個女人，為什麼不能理解我的興趣？她之前不是也很迷古董娃娃，買了不少一點都不可愛的舊人偶嗎？她每次都把我罵得狗血淋頭，我無論如何都要爭一口氣！」

仙司悶悶不樂的走在街上，當他回過神抬起頭時，不禁大吃一

驚。因為他發現自己來到一個完全陌生的的方。

那裡似乎是巷子的深處，眼前有一家柑仔店。柑仔店掛著寫了

「錢天堂」的氣派招牌，整家店看起來歷史悠久，很有情調，就像是

古董一樣。

其中最吸引人的，就是排放在店門口的零食。

有「快樂堅果」、「興奮期待威化餅」、「冒號馬卡龍」、「懶骨

頭小圓餅乾」、「彩虹麥芽糖」、「嫉妒烤麻糬」、「天下無敵甜甜

圈」、「電閃雷鳴米香酥」、「長髮公主椒鹽捲餅」、「大雪紛飛雪花

糖」等等。

每一件商品都令人興奮不已。仙司簡直就像是發現了寶物，全神貫注的打量著它們，然後盯著貼在店門上的一張紙看。

『鮮鮮乳酪蛋糕』新上市！」那張紙上這麼寫著。

仙司心跳加速。他平時不怎麼愛吃乳酪蛋糕，但是看了那張紙後，竟然覺得「那是我的蛋糕！」所以他很想買，無論如何他一定要買到。

仙司走進柑仔店，店內還有更多零食和玩具，但他已經決定要買「鮮鮮乳酪蛋糕」，所以對其他商品不屑一顧。

「請問有人在嗎？」

「來了來了，請稍候。」

仙司聽到有人回答，然後看到一個高大的女人從後方的房間探頭張望。那個女人看起來比仙司更高，身材也是仙司的一倍，但是她並不肥胖，而是很魁梧，整個人散發出很強的氣場。雖然她頂著一頭白髮，皮膚卻像陶瓷般光滑細膩，穿著一身紫紅色的和服，頭髮上插了很多玻璃珠髮簪，那副打扮很適合她。她的右手拿了一個貓咪圖案的馬克杯，左手拿著吃到一半的甜甜圈。

她看到仙司，驚慌失措的說：

「啊，原來是客人。我真是太失禮了，請稍等一下。」

老闆娘說完，又退回房間，再回到店裡時，她手上的馬克杯和甜甜圈已經不見了。

「剛才真是失禮了，因為剛好是吃點心的時間。呵呵，我很愛吃甜甜圈，每次只要吃一個，就會忍不住再吃一個。」

「這、這樣啊。」

「啊，真的很抱歉，就當我是自言自語。咳咳，歡迎來到『錢天堂』，請問你想要什麼？」

「我想要買那張紙上寫的『鮮鮮乳酪蛋糕』。」

「咦？你想要買『鮮鮮乳酪蛋糕』。啊，哎呀哎呀，沒問題，我馬

上拿給你。」

她說完話，快步走到放在角落的小冰箱前，從裡面拿了什麼東西後又走回來。

「給，這就是『鮮鮮乳酪蛋糕』。」

那個甜點看起來像是布丁，裝在白色的塑膠杯裡。杯子附有蓋子，上面用閃亮的黃色文字寫著「鮮鮮乳酪蛋糕」。

仙司忍不住吞著口水。他看到「鮮鮮乳酪蛋糕」後更加確定，他無論如何都要買到這個點心。

「請問多少錢？」

「一元。」

「一、一元？真便宜。」

「是的，今天『錢天堂』的所有商品都是一元，但是必須用帶著幸運密碼的一元硬幣支付，也就是昭和六十一年的一元硬幣。」

「昭和六十一年的？」

「對，今天本店不收其他年分的硬幣。」

老闆娘說的話太奇怪了，她可能是在蒐集硬幣吧。

仙司這麼想著，在皮夾裡翻找起來……

找到了。他幸運的找到了老闆娘想要的昭和六十一年一元硬

幣，這下子可以買「鮮鮮乳酪蛋糕」了。仙司鬆了一口氣，把一元硬幣遞給老闆娘。

「好的好的，這的確就是今天的幸運寶物，那『鮮鮮乳酪蛋糕』就是你的了。蓋子的背面有湯匙，記得務必要用這個湯匙食用。」

「好，謝謝。」

仙司終於買到了自己夢寐以求的東西，根本沒有仔細聽老闆娘說話。

他在不知不覺中走出了柑仔店，當他回過神時，發現自己已經回到了家門口。他差一點以為自己剛才做了白日夢，但是他的手上

的確拿著「鮮鮮乳酪蛋糕」。

「太好了！」

他不知道「鮮鮮乳酪蛋糕」為什麼這麼吸引自己，但他很想趕快吃。

他探頭向屋內張望，發現家裡靜悄悄的，太太似乎是出門了。

回來得早不如回來得巧，仙司立刻走去廚房，坐在餐桌旁，打開了「鮮鮮乳酪蛋糕」的蓋子。

「喔！看起來很好吃啊！」

裝在塑膠杯中的乳酪蛋糕是蜂蜜的顏色，而且質地看起來很軟

嫩，在杯子內微微晃動，令人食指大動，一看就知道很好吃，他越來越想趕快嚐一嚐。

柑仔店老闆娘說得沒錯，蓋子背面的確附了一個透明的塑膠小湯匙，但是仙司一看到那個湯匙，立刻皺起了眉頭。他向來很討厭在便利商店買東西附送的塑膠湯匙和叉子，用這種便宜貨吃東西，會連食物都變得難吃。難得買到了「鮮鮮乳酪蛋糕」，如果使用這種湯匙，根本是暴殄天物，會遭到懲罰的。

他立刻從碗櫃裡拿出自己平時使用的湯匙。

「開動了！」

「滋嚕噗嚕。」仙司吃了一口，馬上發出讚嘆。

怎麼會有口感這麼軟嫩滑順的乳酪蛋糕！簡直就像是高級的蠶絲，在舌尖上優雅的散開，再舒服的滑入喉嚨深處。乳酪豐富的香氣和恰到好處的甜味，簡直令人欲罷不能。

仙司幾乎是狼吞虎嚥，一下子就把蛋糕吃完了。

他發現杯子角落還剩下一小塊乳酪蛋糕，覺得不吃太可惜，於是用湯匙拚命想要刮下來。

就在這時，「我回來了。」太太回家了。

仙司很失望。他原本期待太太出門一陣子就會消氣，沒想到太

太仍然怒目圓睜。

事到如今，只能說些好話來取悅太太了。

仙司看著太太，思考自己該說什麼貼心的話。但是太太脖子上

的項鍊突然發出了亮光，讓他吃了一驚。

「啊，咦？」仙司用力揉著雙眼，但是項鍊依然在發亮。

太太以前就很喜愛的這條項鍊，發出了閃亮美麗的金色光芒，

好像雪花一樣。

仙司忍不住伸出手，想要抓住項鍊發出的光芒。因為他的舉動

太過突然，太太嚇得驚叫起來。

「喂！你想幹麼？」

「啊？喔，對不起，我發現項鍊……好像在發光。這條項鍊你一直都戴在脖子上，該不會是高級貨吧？」

「哎喲，你終於識貨了？對啊，這是我奶奶留給我的，這些琥珀是不是很美？」

「原來這是琥珀啊，我還以為是塑膠呢。」

「哼，我並不意外，因為你根本沒有眼光。」

聽到太太的嘲諷，仙司只好摸著鼻子走開了。

討好太太的計畫失敗了。但是，太太的項鍊為什麼會閃閃發

亮？他覺得自己的眼睛可能出了問題，但這到底是怎麼回事？

仙司納悶的走回自己房間，房間內堆滿了他之前買的古董。他在購買時，都覺得「這一定是寶物」，所以至今仍然捨不得丟掉。

在這堆破爛中，有一樣東西發出了金色的光芒。

仙司倒吸了一口氣，朝著亮光走過去。原來是他最初買的小盤子，綻放出宛如砂金般閃亮亮的光芒。

「剛才看到項鍊發光，現在又看到盤子發光？這、這到底是怎麼回事？」

仙司很驚訝，但他突然想到一件事。

「不會吧？」

仙司想到了一個可能性，於是拿出還沒有丟的「鮮鮮乳酪蛋糕」空杯子檢查了一下，發現杯底貼了一張小貼紙，上面寫滿了小得好像沙子般的字。

仙司用放大鏡看了貼紙上寫的字。

只要吃了「鮮鮮乳酪蛋糕」，就會看到有價值的東西發光！很適合想要尋找鮮少稀有寶物的人。只要記得一件事，看到的光越強烈，就代表東西越有價值。

雖然後面還寫了其他內容，但是仙司覺得自己已經看夠了，於是放下手上的放大鏡。他興奮得想跳起舞來。

「太厲害了！只要具備這種能力，一眼就可以看出什麼東西有價值，這表示我也有鑑賞古董的能力。」

以後不需要記那些複雜的陶器名字、書法家簽名的特色，或是繪畫的特徵了，只要看一眼，就可以分辨真假，以及有沒有價值。

從此以後，他再也不會買到假貨，也不會再被太太罵：「又買這種破爛回來！」

仙司愉快的哼著歌，再次打量那堆他買回來的「古董」。沒有

任何東西發光，意味著這些東西都是破爛。

「不過，我以後再也不會買到假貨了。」

他已經吃了「鮮鮮乳酪蛋糕」，以後要不斷挖掘鮮少稀有的寶物。沒錯，可以把低價買入的古董轉賣給其他收藏家，順利的話，就可以從中賺錢，到時候太太就不會再責怪自己「整天浪費錢」了。

仙司越想越開心，覺得自己走路也有風。

那個週末，仙司去了之前從來沒有去過的古董店。他太太說：

「我不能再讓你繼續買一些像是破爛的東西回家，所以我要好好看著你，避免這種情況再發生。」堅持要陪他一起逛。

真是求之不得！仙司在內心偷笑。今天他要讓太太大吃一驚，對自己刮目相看。

那家古董店小有規模，店內的商品也五花八門，從老物件、以前的首飾，到大型家具和壯觀的罈甕，一應俱全，應有盡有。

真不愧是古董店，幾乎所有的東西都綻放出光芒，放在後方展示櫃內的日本刀，發出的光芒尤其強烈，幾乎刺得他眼睛都痛了。

仙司目不轉睛的看著那把日本刀，但是太太用手肘碰了碰他警告說：

「喂，你在看什麼？你知道這把刀要多少錢嗎？你絕對不可以

買。」

「我、我知道啦，我不會買，只是覺得這把刀很有價值。」

站在一旁的老闆聽到了仙司的辯解，笑了笑說：

「哦？沒想到你竟然了解這把刀的價值，看來你對古董很內

行。」

「才沒有呢！」仙司還來不及回答，他太太就搶先對老闆說：

「他只是喜歡古董，而且很不識貨，總是亂買亂玩，整天買一些奇怪的破爛回家，結果發現都是假貨，很令人失望。沒想到他竟然不懂得汲取教訓，還樂此不疲。」

太太瞪著仙司，仙司忍不住瞪了回去。

「我以後不會再亂買了，我和以前不一樣了。」

「哦？哪裡不一樣？」

「我向你保證，以後不會再亂買，只會買真正有價值的東西，比方說，嗯⋯⋯」

仙司打量了店內，緩緩的開口：

「如果我可以想買什麼就買什麼，那我絕對要買這把日本刀，還有那裡的時鐘，以及那個髮簪也是難得一見的好貨。」

「什麼？真受不了你，你還是只想買自己中意的東西啊？光是聽

你說想買那個舊時鐘，就知道你眼光有問題。」太太瞪著他說。

但是老闆語帶佩服的說：

「不，這位太太，你先生的眼光很好，他剛才說的商品，在本店也都是最有價值的古董。」

「什麼？是、是嗎？」

「對，那個時鐘和髮簪都很珍貴，是收藏家垂涎三尺的珍品。哎呀，我真是太佩服了。這位先生，你真的非常有眼光，啊，對了，今天剛好在附近的公園有古董市集，你們可以去逛一逛，也許可以在那裡挖到寶。」

老闆說完，遞給仙司一張古董市集的宣傳單。

仙司繼續在店內逛了一下，最後他什麼都沒買，因為這家店的商品價格都很貴。

不過他至少讓太太對自己刮目相看了，所以當仙司說「機會難得，我想去老闆說的古董市集看看」時，太太也沒有反對。

當他們來到公園時，市集上已經擠滿了人，而且賣家在公園內鋪了許多草蓆和野餐墊，上面放著二手衣、二手包，以及小型家具和首飾。雖然有一些老物件和古董，但大部分都是可以拿去二手店的衣服和玩具。

仙司的腦海中浮現了「良莠不齊」這幾個字，意思就是「好壞參差在一起，素質不一」，眼前的情況完全符合這四個字。這裡大部分的東西都是破爛，所以必須在這堆破爛中發掘寶物。

「『鮮鮮乳酪蛋糕』，拜託了！」

仙司和太太一起逛古董市集時，在內心祈禱著。

雖然他有看到幾件發光的東西，但是光芒都很小、很弱。心不甘情不願跟著他逛了半天的太太，很快就失去了興趣，去逛古董市集後方的盆栽市集。

怎麼辦？今天只能放棄了嗎？如果就這樣放棄，太太可能又會

說：「古董都沒有什麼好東西，我勸你還是趁早放棄。」為了避免這種情況發生，無論如何都必須買一件有價值的物品。

就在這時，仙司終於發現遠處閃著強烈的金色光芒。他心情激動，急急忙忙大步走了過去。

原來是一個小型人偶綻放出光芒，那個西洋人偶的臉和手腳都是陶瓷做的，穿著藍色晚禮服，但是手上有一道小裂痕，晚禮服也很破。雖然人偶身上貼的手寫標籤寫著「一百元」，但是仙司覺得這個人偶即使免費送他，他也不想要。

雖然人偶很破舊，但它全身散發出鑽石一般的光芒。

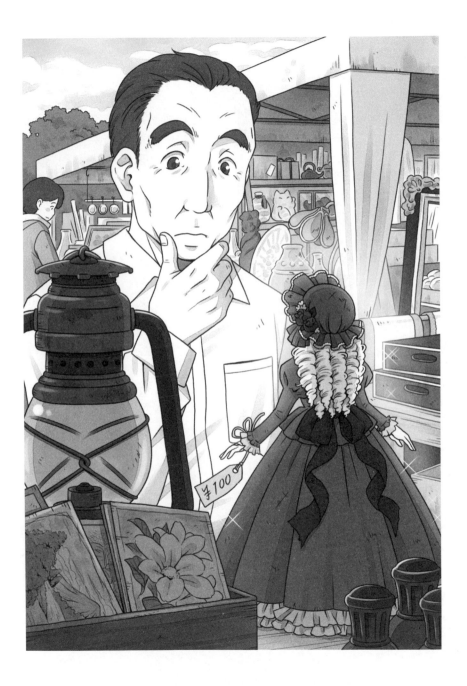

它真的這麼有價值嗎？仙司雖然很懷疑，但最後決定相信「鮮鮮乳酪蛋糕」的力量，放手一搏。

買完人偶之後，仙司和去逛盆栽市集的太太會合。太太正在看仙客來的盆栽，她一看到仙司，立刻露出警戒的表情。

「你是不是買了什麼？」

「嗯，我買了這個⋯⋯」

太太一看到人偶，立刻露出驚訝的表情，仙司急忙辯解：

「雖、雖然看起來有點髒，但我覺得很不錯，而且你也喜歡古董玩具，所以我就買了。呃⋯⋯如果你不喜歡，我可以賣給別人，沒

問題。」

「我們趕快回家。」

「啊?」

「我們趕快回去車上。」

太太拉著仙司的手臂回到車上,說了聲:「人偶給我看一下。」

就把人偶搶了過去,開始檢查晚禮服的內側和人偶的脖子。她的手漸漸顫抖起來。

「喂喂喂,你沒事吧?」

「我、我沒事,只是有點驚訝。老公,這個人偶很值錢,是可以

放在博物館展示的等級。」

「什麼！」

「你不是也知道，我對古董人偶很有研究嗎？這個人偶是法國知名工房製作的，是限量商品，總共只有一百個。你看，人偶的腰部有工房的徽章，還有編號，這絕對是真品。」

「所以，如果把它賣給別人，就可以大賺一筆嗎？」

「當然啊。啊啊啊！我簡直不敢相信，沒想到這麼不起眼的古董市集，竟然有這個人偶。如果是我，有可能會錯過。老公，你太厲害，太了不起了！」太太語帶欽佩的說。

仙司鼓起勇氣問：

「那、那這樣的話，我以後還可以買古董嗎？」

「嗯，」太太想了一下，然後說，「不如這樣，你之前不是一直說想去參加『寶物鑑定』這個節目嗎？你去參加這個節目，如果可以晉級到冠軍賽，以後就可以繼續買古董。」

仙司聽了，覺得太太的建議簡直正中下懷。

「好！我一定會得到冠軍給你看。」

「哎喲，你的口氣真大啊！好，如果你真的獲得冠軍，我就請你去高級餐廳吃飯慶祝。」

「既然你這麼說，那我就全力以赴。」

於是，仙司決定報名參加「寶物鑑定」這個節目，最後也如願獲選了。

節目錄影當天，仙司心情緊張的前往電視臺的攝影棚。

「沒問題，我有『鮮鮮乳酪蛋糕』的加持，絕對不會有問題。上次找到人偶之後，我又試了好幾次，從來沒有失敗過，今天也一定會很順利。」

仙司走進攝影棚時，這麼告訴自己。

終於開始錄影了。諧星主持人用生動有趣的方式介紹節目和來

賓，之後就立刻請來賓開始鑑定寶物。

「各位來賓，今天準備了兩個髮簪，請各位鑑定到底哪一個髮簪

的價格更昂貴？讓我們期待挑戰者的眼力！」

仙司看了製作單位準備的髮簪。其中一個是撒了閃亮亮銀粉的

黑色漆器髮簪，另一個則是鑲了小珊瑚珠的銀製髮簪。

其他參賽者紛紛拿起髮簪，研究了老半天，但是仙司完全不需

要做這種事，因為黑色漆器髮簪散發出璀璨的光芒。

下一題的掛軸，和第三題的陶器鑑定，仙司也輕鬆過關。

他終於進入了冠軍賽。原本十名挑戰者只剩下兩名，除了仙司

以外，還有另一位大叔。

仙司不時偷瞄對方，覺得那位大叔是不好對付的競爭對手。那位大叔始終鎮定自若，看起來也很博學多聞，聽說是某所大學的考古學教授。

絕對不能輸！仙司握緊了拳頭。

最後一題，要將五件古董按照價格高低排列。仙司看了這個節目多年，很少有挑戰者能夠答對這一題，因為和二選一相比，這一題的難度增加了好幾倍。

但是仙司也輕鬆答對了這一題，因為他只要按照光芒的大小排

列就好，所以非常簡單。

由於另一名挑戰者答錯了，所以仙司獲得了冠軍。

仙司在眾人的掌聲和喝采聲中，接過冠軍的獎金十萬元，沉浸在幸福和滿足之中。

「啊，簡直太完美了！」仙司心想。

那天晚上，太太如約請他到高級牛排店吃飯慶祝。

仙司餓壞了，有生以來第一次吃還滴著血的三分熟牛排，他大快朵頤，吃得差點撐破肚皮。

但是在當天半夜，仙司肚子突然痛得不得了，最後被救護車送

去了醫院，醫生診斷為食物中毒。

陪仙司一起去醫院的太太忍不住感到納悶。

「太奇怪了，我還以為你是吃太多，撐壞了肚子。如果是食物中毒，我和你一起吃飯，應該也會有相同的症狀。你是不是背著我偷吃了奇怪的東西？」

「我、我沒有吃……嗚呃、嗚呃！」

仙司痛得打滾，發出了呻吟。他渾身冒汗，腦袋昏沉，只能嘆著氣問：「我為什麼會這麼倒霉？」

但是，事情並沒有結束。

那天之後，仙司經常發生食物中毒，只要吃到生魚片、生蠔、鮮奶油這類沒有煮熟的食物，肚子就會開始絞痛，從此之後，除了煮熟的食物以外，他都嚇得不敢吃。

仙司對此百思不解。

「太奇怪了，我以前從來沒有食物中毒過。好痛、好痛。太可惡了，難道這也和『鮮鮮乳酪蛋糕』有關嗎？對了，『鮮』這個字，除了代表『鮮少』，還有『生鮮』的意思，難道是這個原因，才害我一吃生食就會食物中毒嗎？我完全不知道竟然會有這種副作用。」

但是，仙司忘記了，「錢天堂」的老闆娘紅子，曾經告誡他一定

要用「鮮鮮乳酪蛋糕」附贈的湯匙食用。

而且，在杯底說明書的最後，也清楚寫了以下的內容：

食用時，一定要使用附贈的湯匙，否則以後吃生食就會食物中毒。

甘粕仙司，六十六歲的男人，昭和六十一年的一元硬幣。

7 炫耀餅乾

太不爽了！美沙子今天也對神田川千春感到很生氣。

千春和美沙子是住在同一條街上的家庭主婦，兩個人不僅年紀相同，她們的孩子也讀同一所幼兒園。照理說，兩人應該可以成為好朋友，但不知道為什麼，美沙子看到千春的第一眼，就很討厭她。

千春總是面帶微笑，整個人散發出柔和的感覺，而且很健談，很多媽媽都是她的好朋友，每天的生活似乎過得很開心。

然而，美沙子個性剛烈，自尊心也很強，所以沒什麼朋友。

這不能怪別人，因為美沙子每次一開口就是炫耀，不是說她老公在一流企業上班，就是向別人炫耀之前全家一起去哪裡旅行，別人當然都不想聽她說話。

很可惜，美沙子自己並沒有意識到這件事，反而認為別人不理她，是因為千春不讓其他人和她當朋友，所以對千春越來越有成見。

「真希望千春羨慕我，只要千春羨慕我，其他人也會覺得我很屬害。」美沙子心想。

於是，美沙子讓兒子去學很多才藝，自己穿的鞋子、拎的包也

非名牌不可，並且老是向別人炫耀。

然而，這一切的努力都無法奏效，千春雖然會面帶笑容說：「好厲害」、「哇，好漂亮」，但她的眼神中完全沒有嫉妒，這件事又讓美沙子感到很生氣。

「太討厭了，太讓人生氣了。他們家的房子比我們小，她老公賺的錢絕對比我老公少，她為什麼看起來那麼幸福！」

美沙子越想越氣，甚至開始討厭千春的女兒。幼兒園的老師經常說美沙子的兒子勇太很調皮，卻整天稱讚千春的女兒「善良溫和，很會照顧其他小朋友」。

「我家勇太只是太活潑了，上次會咬健介，是因為健介挑釁勇太；還有上次勇太推澄鈴，也是因為澄鈴不肯把玩具借給他，老師都說是勇太的錯，勇太真是太可憐了。」

這一切都是千春和千春的女兒造成的。美沙子對她們母女恨得牙癢癢。

「只要千春發自內心羨慕我，我的心情就不會這麼差了。」美沙子整天想著這些事，然後發現差不多該去幼兒園接勇太回家了。

她今天也化了美美的妝，換上一件名牌洋裝，並戴上項鍊和耳環等全套的首飾。

好，髮型也很不錯。在所有去接孩子的媽媽中，自己絕對是最

漂亮的那個，今天也不例外。美沙子精心打扮，看起來完全不像只

是去幼兒園接兒子。她帶著出征上戰場般的心情走出了家門。

「看我啊，羨慕我啊。」美沙子走在街上時，在心中對走在路上

的行人、牽著狗散步的人吶喊。

然後——

不知道是怎麼回事，她竟然走進了一條陌生的巷子深處。

眼前有一家不大的柑仔店，掛著「錢天堂」的招牌，無論是外

觀，還是整家店的氣氛，看起來都很老舊。

「這種店賣的零食應該落伍又窮酸。」美沙子這麼想著，想直接掉頭就走，卻發現自己的兩條腿不聽使喚，站在店門口無法離開。

這是怎麼回事？為什麼這家店的零食這麼吸引人，讓人感到興奮不已？原來這就是別人說的「無法移開視線」。

美沙子看到高級甜點時，也不曾感受過這麼強烈的吸引力。她對此感到有點不知所措，這時，老闆娘從店裡走了出來。

老闆娘身材高大，而且身高很驚人，她穿了一件紫紅色和服，一頭白髮很有光澤，肌膚也光滑細緻，身上所有的一切都很吸睛，而且全身散發出很強的氣場。

美沙子一看到老闆娘，就覺得「好羨慕」。如果自己也有這麼強的氣場，別人就不會不理自己了。一旦成為眾人矚目的焦點，每天的心情都會很愉快。

美沙子心生嫉妒，忍不住瞪著老闆娘，但是老闆娘似乎完全不在意，反而對她露出了親切的笑容。

「歡迎光臨，今天的幸運客人。來來來，不要站在門口，進來看看吧。」

老闆娘響亮的聲音，充滿了讓人服從的力量。

美沙子忘了自己要去幼兒園接兒子，順從的走進店內。裡頭到

處都是零食和玩具。

美沙子東張西望，打量著店內。老闆娘微笑著對她說：

「請問你的心願是什麼？只要告訴我，我會為你介紹可以實現願望的商品。任何願望都沒有關係，請儘管說。」

老闆娘這次的聲音甜如蜜，滲進了美沙子的心裡，所以她情不自禁說出了從來沒有告訴過任何人的真心話。

「我很討厭一個人，她簡直就是我的眼中釘……希望她會羨慕我。只要她羨慕我，我的心情就會很好。不會吧，我、我竟然說了這種話……」

美沙子說到這裡，捂住了自己的嘴。老闆娘目不轉睛的看著她，美沙子覺得老闆娘的眼神好像貫穿了自己的身體。

這時，老闆娘點了點頭說：

「原來是這樣，那這款商品很適合你。」

老闆娘說完，遞給她一個白色長方形的小盒子。盒子上畫了一隻漂亮的孔雀，簡直太迷人了，還用祖母綠色的字體寫著「炫耀餅乾」，每個字看起來都閃閃發亮。

美沙子忍不住倒吸了一口氣，老闆娘露出嫵媚的笑容說：

「雖然本店也有讓人具有女王風範的『女王馬芬蛋糕』，但我認

為這款『炫耀餅乾』更適合你。只要吃了這種餅乾，就可以像孔雀一樣受到眾人矚目，而且令人羨慕。還是你想要找其他零食呢？」

「不，我就要這個。」

美沙子迫不及待的回答。除此之外，她想不到其他該說的話。

「炫耀餅乾！我想要！」美沙子心想。

她就像發現了獵物的母獅子，雙眼發亮。老闆娘對她說：「炫耀餅乾的價格是五元，請用昭和六十年的五元硬幣支付，其他付款方式都不行。」

「我、我找找看。」

如果找不到昭和六十年的五元硬幣，她就要趁老闆娘不注意的時候，搶走「炫耀餅乾」，然後馬上逃走。

美沙子在皮夾中找錢時，腦海閃過了這個念頭。

幸好美沙子不需要成為搶匪，因為她的皮夾裡真的有一枚昭和六十年的五元硬幣。

「這是今天的幸運寶物。」老闆娘小聲嘀咕著，小心翼翼的接過了五元硬幣。

「很好、很好，非常好，那就請收下『炫耀餅乾』，謝謝惠顧。」

美沙子沒有回答，她一把搶過「炫耀餅乾」，緊緊抓住手上的

盒子，心想：

「買到了！別人休想拿走，這個餅乾只屬於我！」

美沙子激動不已，呼吸也急促了起來。老闆娘靜靜的對她說：

「想要被人羨慕是很正常的心理，但也必須格外小心，因為受人羨慕並不一定代表幸福。」

但是，美沙子完全沒有聽到老闆娘說話，所以也沒有聽到老闆娘叮嚀她「請仔細閱讀說明書」這句話。

當她回過神時，發現自己獨自站在勇太幼兒園附近的公園內。

「我什麼時候……對了，我要去接勇太。」

但是，她一心想著手上的「炫耀餅乾」。

「我要看一下裡面到底是什麼，如果加了鮮奶油，就要先回家放進冰箱。」

美沙子找了各種理由，當場打開了「炫耀餅乾」的盒子。

盒子裡裝了一塊外形像孔雀羽毛的餅乾，上頭用糖霜點綴了漂亮的顏色，簡直就像真的孔雀羽毛。綠色富有光澤，藍色很鮮豔，還有濃烈的紅色和金色，美得令人心動不已。

勇太看到了，一定會搶著吃，但是這塊餅乾絕對不能給別人，

因為「炫耀餅乾」是美沙子的。

於是，她決定趕快吃完餅乾，避免被別人搶走。

美沙子站在公園內，把「炫耀餅乾」放進嘴裡。雖然盒子裡只

有一塊餅乾，吃完卻很有滿足感。那塊餅乾很厚，簡直就像德國麵

包一樣富有嚼勁，麵糰中可能加了辛香料，帶有辛辣的香氣，味道

富有層次。塗了厚厚一層的糖霜很扎實，甜味在嘴裡擴散。

吃完餅乾時，有一種好像吃了一大罐的飽足感。

美沙子心滿意足的吐了一口氣，才想到要去幼兒園接勇太。

她把「炫耀餅乾」的盒子丟進旁邊的垃圾桶，這樣勇太就不會

知道自己獨吞了餅乾。然後，她急急忙忙的走去幼兒園。

這時，很多媽媽都聚集在幼兒園門口準備接孩子，以前大部分的媽媽只要看到美沙子，就會不知所措的把頭轉到一旁，或是向她打招呼後，就連忙和其他媽媽聊天，但是，今天的情況完全不一樣。

那些媽媽驚訝的瞪大眼睛，快速走到美沙子面前。

轉眼之間，美沙子就被其他媽媽包圍了。美沙子大吃一驚，那些媽媽七嘴八舌的開口了。

「勇太媽媽，你這條項鍊是在哪裡買的？好美啊。」

「還有你的衣服，真好看啊。好羨慕你，我只適合穿牛仔褲，我真羨慕穿裙子很好看的人。」

「對了，我上次看到勇太的爸爸，他真帥啊，而且他不是在知名企業上班的菁英嗎？太羨慕你了。」

「真羨慕，太羨慕了！」大家紛紛對美沙子說出這句話。

美沙子很快就成為這些媽媽討論的焦點，大家都無法不注意到她，嘆著氣說很羨慕她。

美沙子既開心又滿足，陶醉在這種感覺之中。她聽著眾人的稱讚，覺得自己簡直就像是電影明星或是偶像。

這是不是「炫耀餅乾」的效果？雖然柑仔店的老闆娘說：「只要吃了這種餅乾，就可以受到眾人矚目，令人羨慕。」但沒想到真的

有這樣的效果。啊啊啊，這一切簡直就像是在做夢。沒錯，這就是她夢寐以求的事情。

她沉醉在幸福的心情中，這時，千春正好迎面走來。

美沙子嚇了一跳，目不轉睛的看著千春。即使這樣看，她仍然覺得這個女人實在不怎麼樣。自己比她漂亮多了，無論身材還是服裝的品味也都比她出色，但是千春竟然能讓美沙子產生難以形容的挫敗感，她無法原諒千春。

美沙子露出挑釁的眼神。

「來啊，看看我啊，看看吃了『炫耀餅乾』的我，我想好好欣賞

「一下你會露出怎樣的表情？」美沙子心想。

千春一看到美沙子，立刻露出了之前從來不曾見過的表情。原本面帶笑容的親切表情，頓時變得醜陋卑劣，眼中冒出嫉妒的火花。美沙子看到她的表情變化，感到痛快不已。

千春走了過來，美沙子故意親切的向她打招呼。

「午安，愛梨媽媽。」

「午安，勇太媽媽。你的耳環真漂亮……你總是很時尚，我好羨慕你。」

千春充滿嫉妒的嘆了一口氣，美沙子終於覺得「我贏了！」

千春終於羨慕自己了。啊啊，真是太幸福了！這種心情真是太

美好了！很好，這樣很好，以後再也不需要對這個土裡土氣的女人

感到心浮氣躁了。

美沙子為自己的勝利感到驕傲。

接下來的一段時間，一切都很順利，無論去到哪裡、見到誰，

大家都會異口同聲的說，很羨慕美沙子。

這些話聽起來比蜂蜜更甜蜜，比音樂更悅耳動聽，這些稱讚的

話百聽不厭，美沙子沉浸在這份美妙中。

然而千春的「羨慕」和別人不一樣，千春的羨慕眼神和聲音，

總是讓美沙子樂不可支。

為什麼她總是那麼漂亮、那麼瀟灑？她總是品味出眾，氣質優雅，身上穿的、戴的都是自己根本買不起的高級貨。千春好希望自己能夠像她一樣。如果可以像她一樣，不知道該有多好？啊，好羨慕她啊！

美沙子完全了解千春內心的想法，所以更加開心。

但是有一天，美沙子像往常一樣送兒子去幼兒園，並像往常一樣想找千春說話，因為這樣就可以聽到千春說：「我好羨慕你。」

「愛梨媽媽，早安。」

美沙子露出燦爛的笑容，但在內心偷笑。

「不知道你今天會露出多沒出息的表情？趕快趕快，因為我最喜歡看你這樣的表情。」

沒想到，千春只是露出了淡淡的笑容，而且還是向日葵般開朗的表情。

「啊，勇太媽媽，早安。」

千春打招呼時，完全感受不到她內心的嫉妒。

美沙子很受打擊。「這是怎麼回事？怎麼會這樣？為什麼她眼中沒有冒出嫉妒的火花，對我說：『我好羨慕你？』這太奇怪了！」

美沙子拚命忍住內心的想法，決定炫耀自己剛買的鞋子。

「你看你看，這是薩魯曼新推出的鞋子，我有事先預購，昨天終於送到了。」

「哇，好漂亮的鞋子，你穿起來很好看。勇太媽媽，你總是時尚又美麗，我真是太崇拜你了。」

千春面帶微笑的稱讚美沙子。美沙子清楚的知道，雖然千春發自內心的稱讚她，卻一點都不羨慕她。

怎麼會發生這麼奇怪的事？原因到底是什麼？昨天之前，千春還和其他人一樣，這簡直就像恢復了以前的狀態。

美沙子雖然覺得很混亂，但還是努力想讓千春羨慕自己，可惜
卻都失敗了。千春就像微風般化解了美沙子所有的攻擊，最後笑著
揮了揮手說：「啊，我差不多該回家了，那就孩子放學時再見嘍。」

千春說完，就轉身離開了。

美沙子氣得發抖，但其他媽媽紛紛圍住了她。

「勇太媽媽，這不是薩魯曼新推出的鞋子嗎？」

「你好厲害！這不是很難買到嗎？」

「只有你才有辦法！太羨慕你了！」

「真的好羨慕啊。」

美沙子聽了大家的稱讚，才終於稍微打起了精神。原本以為「炫耀餅乾」的功用失效了，但似乎只有對千春無效，仍然能夠對其他人發揮作用。

無法打敗千春也無所謂。美沙子努力的告訴自己，對那些媽媽笑了笑說：

「謝謝，但是我反而比較羨慕愛梨媽媽。」

「啊？為什麼？」

「因為我也很想像她一樣，穿平價的衣服也很好看，這樣就不必整天都買昂貴的衣服了。」

美沙子充滿嘲諷的說，其他媽媽也紛紛點頭同意。

「對啊，勇太媽媽的確好像只適合穿很時尚的衣服。」

「你真的好棒喔，皮膚也很好，真羨慕你。」

「你可以去當模特兒，應該會很受歡迎，下次你可以去雜誌社應

徵看看。」

美沙子聽到眾人的稱讚，心情越來越好。

「我怎麼可能當模特兒？不行啦，不行啦。」美沙子正想假謙虛

一下，卻突然倒吸了一口氣，因為她發現其他人身上散發出漆黑的

東西。

漆黑的東西像煙一樣裊裊升起，像蛇一樣扭動，然後撲了過來，好像想抓住美沙子。這些黑色的東西顯然對美沙子帶有敵意，美沙子可以感受到強烈的惡意向自己逼近。

「啊！」

美沙子的身體忍不住向後仰，其他媽媽依然笑著問：

「咦？你怎麼了？該不會有蟲子吧？」

「呵呵，你就連驚訝的表情也很可愛，好棒喔，好羨慕你

啊！」

「真的太羨慕你了。」

那些媽媽每說一次羨慕，從她們體內冒出的的黑煙，就會像黑蛇一樣激烈搖晃，甚至發出吼叫聲。

那些媽媽雖然滿面笑容，但全身冒出像蛇一樣的黑煙，簡直就像是妖怪，太可怕了，令人毛骨悚然。

但是，其他人都沒有發現這件事，那些黑蛇似乎只有美沙子看得到。

「我、我該走了，要、要趕快回家。再見，改、改天見。」

美沙子渾身發抖，逃跑似的離開了幼兒園。

「到底是怎麼回事？今天所有的一切都不對勁，千春和其他人

226

都、都很奇怪。」

美沙子自言自語的走在回家的路上，鄰居開口向她打招呼。

「哎喲，園田太太，早安啊。」

美沙子忍不住目不轉睛的看著對方。鄰居太太是很普通的中年婦女，身上完全沒有冒出黑蛇。

美沙子暗自鬆了一口氣，也向鄰居太太打招呼。

「早安，今天的天氣很不錯。」

「對啊，你送勇太去幼兒園了嗎？」

「嗯，是啊。」

228

「這樣啊，真羨慕你有勇太這樣活潑的孩子。」

鄰居太太說出「羨慕」這兩個字的瞬間，她的身體竟也冒出了黑蛇。美沙子尖叫著跑走了，她一口氣衝進家裡，用力關上大門。

她鎖好門之後，絞盡腦汁思考著：「怎麼會這樣？到底是怎麼回事！難道是外星人入侵地球，把周圍的人都變成了妖怪嗎？不，不可能會有這種事。美沙子，鎮定，好好想一想。」

美沙子努力回想今天發生的事，終於發現了一個關鍵。

關鍵就在「羨慕」這兩個字，沒錯，任何人只要開口說出這兩個字，身體就會冒出黑蛇。但是，為什麼呢？之前大家整天都說

「羨慕」，也完全沒有發生任何狀況，為什麼今天會突然變成這樣？

無論她怎麼想，都想不出其中的原因。在她左思右想煩惱之際，時間很快就過去了，又到了要去接勇太的時間。

「我不想去。」美沙子發自內心這麼想。因為一旦出門，她又會遇到很多人，只要有人說出「羨慕」這兩個字，美沙子就會看到他們身上冒出像黑蛇般的東西。太可怕了，她根本不敢見人，但又不能不去接兒子。

美沙子心驚膽戰的再度走去幼兒園，她沒有和任何人交談，就急急忙忙想要帶勇太回家。一路上，好幾個人叫住了她，對她說：

230

「勇太媽媽，你很精明能幹，真羨慕你啊。」或是「聽說勇太是桃子

班裡長得最高的？太羨慕了。」

果然不出所料，黑蛇從這些人身上爬出來，把美沙子嚇得魂不

附體。

「好可怕，好可怕，我想趕快回家。」

美沙子低著頭，拉著勇太快步走在回家的路上。

沒想到一回到家，才剛鬆了一口氣，勇太就小聲嘀咕⋯

「老師今天又罵我，叫我不能欺負同學，我覺得動不動就哭的傢

伙才有問題。媽媽，你真好，不用每天去幼兒園上學⋯⋯我真羨慕

媽媽。」

美沙子看到勇太身上也竄出了黑蛇，忍不住發出尖叫。

如果美沙子當初有仔細看「炫耀餅乾」的包裝盒，應該就不會發生這種事，因為盒蓋的背面清楚寫了注意事項。

注意：吃了「炫耀餅乾」之後，絕對不能說「羨慕」別人，因為你是眾人羨慕的焦點，卻去羨慕別人，這根本違反了規定。一旦破壞了這個規定，就會清楚看到別人的嫉妒。請不要忘記，嫉妒很醜陋。

不過，先不管美沙子的事。為什麼「炫耀餅乾」的威力無法繼

續在千春身上奏效呢？難道是上天在開玩笑嗎？

不，其實這件事另有隱情。

要說明這件事，必須回到昨天下午。

昨天下午，千春無力的躺在家中的沙發上。她去幼兒園接了女兒，才回到家中不久，就感到身心俱疲。

「我又羨慕勇太的媽媽了。」

最近不知道是什麼原因，每次看到勇太媽媽，就會對她羨慕不已，每天都希望自己能夠像她一樣。

千春很討厭這樣的自己，她感到很痛苦，整天都很心煩，結果

導致這一陣子都睡不好，吃東西也感到食不知味。

好累。想到明天又要去幼兒園接送愛梨，心情就很憂鬱。

雖然下午的點心時間快到了，她卻無法離開沙發站起來。女兒

愛梨還在外面玩，在愛梨回來之前，她想再多休息一下。

千春什麼事都不想做，懶洋洋的躺在沙發上一動也不動。她漸

漸產生了睡意，在不知不覺中昏昏欲睡。

她在半夢半醒中感受到愛梨的動靜。先是「啪答啪答」走在地

板上的腳步聲，接著傳來打開又關上微波爐的聲音。

愛梨想要加熱什麼食物嗎？

不一會兒，就聽到了「叮」的聲音，空氣中傳來了誘人的香氣。千春從睡意中醒來，用力嗅聞。這是鬆餅的味道嗎？但是愛梨還不會做鬆餅啊。之前她曾經叮嚀過女兒，不可以自己使用瓦斯爐。

千春歪著頭感到納悶，聽到愛梨走向自己的腳步聲，然後輕輕搖了搖自己的身體。

「媽媽，你醒一醒。」

「嗯……愛梨？」

「嗯，媽媽，我跟你說，有給你的點心，你趕快吃、趕快吃。」

愛梨說著，把一個盤子遞到千春面前。

盤子上放著一塊小鬆餅。鬆餅雖然不大，卻呈現漂亮的金黃色，而且冒著熱氣。放在鬆餅上的奶油正在慢慢融化，上面還淋了滿滿的楓糖，看起來美味無比。

「這是哪來的？」

「我為媽媽買的，你趕快吃、趕快吃。」

「你買的？錢呢？你哪來的錢？」

「等一下再告訴你，你先吃嘛。」

愛梨拚命催促，然後把叉子塞到千春手上。

千春再次注視著鬆餅。咕嚕，她忍不住吞了一口口水。

如果是平時，她一定會讓給愛梨。「愛梨，這是你買的，所以你自己吃。」不然她至少也會說，「謝謝你這麼有心，那我們一人一半。」

但是，她今天說不出這句話。

「好想吃。我必須吃掉這個鬆餅。」千春突然感覺飢餓難耐，她已經無法克制自己。

千春吃了起來，鬆餅實在太好吃了，她忍不住深受感動。

甜甜酥酥的口感太棒了，麵糰中還加了奶油和楓糖，每咬一口，美味就在嘴裡擴散。千春已經很久沒有感覺到食物的美味了。

千春忘我的吃了起來，當她回過神時，盤子裡的鬆餅已經被她吃得一乾二淨。

完了，至少應該留一口給愛梨才對。千春後悔不已，愛梨卻眉飛色舞的對她說：

「媽媽，怎麼樣？好吃嗎？」

「非常好吃，你是在哪裡買了這個鬆餅？」

「這不是鬆餅，是『置之不理蛋糕』。」

「『置之不理蛋糕』？」

「對啊。」愛梨點了點頭，「我剛才在院子裡看到一個又高又大

的阿姨，她不知道是什麼時候走了進來，說可以賣零食給我。」

「零食？」

「嗯，那個阿姨說，她開了一家柑仔店，她的皮包裡有好多有趣的零食。她還問我有什麼心願，我就說希望媽媽可以打起精神，振作起來，結果她說這個零食適合媽媽，要我拿給你吃。」

「但是，你哪來的錢？你身上不是沒錢嗎？」

「不，我有錢，護身符的袋子裡有錢。就是之前禮奈表姐送我的那個護身符。」

「喔，她說在某家寺院拿到的護身符，裡面有錢？」

「嗯，我對那個柑仔店的阿姨說我身上沒錢，她就要我給她看那

個護身符的袋子，結果裡面真的有五百元的硬幣，所以我就可以買

『置之不理蛋糕』了。」

愛梨開心的說完，有點不安的看著千春說：

「我按照阿姨告訴我的方法，把『置之不理蛋糕』放在微波爐裡

加熱三分鐘，然後把附的奶油放在上頭……所以媽媽，你振作起來

了嗎？」

千春看著女兒認真的眼神，突然驚覺一件事。

「原來這孩子都看在眼裡，她知道我很羨慕勇太的媽媽，而且為

這件事煩惱不已。我自以為在孩子面前表現得和以前一樣，沒想到

她居然察覺到了這件事，還為我感到擔心。」千春心想。

女兒的貼心讓她感動不已，所以千春用力的點了點頭說：

「嗯！我現在渾身是勁！」

千春並沒有說謊。不知道是不是因為吃了美味的零食，原本在

她內心打轉的醜陋想法終於消失不見了。她現在心情很爽朗，即使

見到勇太的媽媽，應該也不會對她感到羨慕不已了。那種人，只要

不理她就好。

千春猛然從沙發上站了起來。

「好，愛梨，你的點心時間到了，媽媽為你做鬆餅好嗎？」

「嗯！」

「好，我要做一個特製鬆餅！」千春精神抖擻的走向廚房。

園田美沙子，三十三歲的女人，昭和六十年的五元硬幣。

神田川愛梨，五歲的女孩。特別客人。

番外篇　神祕的紙條

「嗯，這到底是怎麼回事？」

「錢天堂」的老闆娘坐在店內深處，目不轉睛的盯著一張小紙條，小紙條上清楚的寫著「錢天堂的紅子老闆娘親啟」。

紅子注視著紙條，想起剛才發生的事。

一個小女生說希望媽媽能打起精神，於是購買了「置之不理蛋糕」。那個小女生隨身攜帶的護身符裡，裝著今天的幸運寶物五百元

錢天堂的紅子老闆娘親啟

硬幣。

但是，紅子一看到那個護身符，就覺得不太對勁，因為之前有好幾個客人都拿著相同的護身符，而且裡面都裝了幸運寶物。

她這次決定看一下護身符的袋子，沒想到袋子裡除了硬幣，還有一張折得很小的紙條。

紅子發現紙條上寫著自己的名字之後，迅速把紙條抽了出來，然後把護身符還給剛才的小女生。現在，紅子坐在店裡仔細打量那張紙條。

「這顯然是寫給我的紙條，但是那個小女生看起來毫不知情……

嗯，光是這樣看，也看不出任何名堂，那就先打開看看，我想裡面一定寫了什麼內容。」

紅子喃喃自語，小心翼翼的打開了折起的紙條。

紙條上的字跡很潦草，但的確是寫給紅子的內容。上面寫著：

致「錢天堂」的紅子老闆娘：

你的柑仔店正面臨重大危險，我想詳細向你說明，請你打這個

電話和我聯絡。

○○○－○○○○－○○○

S 敬上

寫紙條的人可能很匆忙，所以字寫得歪歪扭扭。

紅子再次陷入了思考。

「哎呀呀，越來越搞不清楚這是怎麼回事了。『錢天堂』有危險？這個Ｓ究竟是誰？真是太奇怪了，但是看起來不像是有人惡作劇。無論如何，我就打這個電話試試看。」

紅子說完，把手伸向旁邊那臺巨大的黑色電話……

樂讀456   094

神奇柑仔店14
炫耀餅乾的副作用

作　　者｜廣嶋玲子
插　　圖｜jyajya
譯　　者｜王蘊潔

責任編輯｜江乃欣
特約編輯｜葉依慈
封面設計｜蕭雅慧
電腦排版｜中原造像股份有限公司
行銷企劃｜葉怡伶、林思妤

天下雜誌群創辦人｜殷允芃
董事長兼執行長｜何琦瑜
媒體暨產品事業群
總 經 理｜游玉雪
副總經理｜林彥傑
總 編 輯｜林欣靜
行銷總監｜林育菁
主　　編｜李幼婷
版權主任｜何晨瑋、黃微真

出 版 者｜親子天下股份有限公司
地　　址｜臺北市104建國北路一段96號4樓
電　　話｜（02）2509-2800　傳真｜（02）2509-2462
網　　址｜www.parenting.com.tw
讀者服務專線｜（02）2662-0332　週一～週五：09:00~17:30
讀者服務傳真｜（02）2662-6048
客服信箱｜parenting@cw.com.tw
法律顧問｜臺英國際商務法律事務所・羅明通律師
製版印刷｜中原造像股份有限公司
總 經 銷｜大和圖書有限公司　電話：（02）8990-2588

出版日期｜2023年1月第一版第一次印行
　　　　　2023年11月第一版第十三次印行
定　　價｜330元
書　　號｜BKKCJ094P
ISBN｜978-626-305-353-3（平裝）

訂購服務────────────
親子天下 Shopping｜shopping.parenting.com.tw
海外・大量訂購｜parenting@cw.com.tw
書香花園｜臺北市建國北路二段6巷11號　電話（02）2506-1635
劃撥帳號｜50331356　親子天下股份有限公司

國家圖書館出版品預行編目資料

神奇柑仔店14：炫耀餅乾的副作用／廣嶋玲子
文；jyajya 圖；王蘊潔 譯. -- 第一版. -- 臺北市：
親子天下股份有限公司，2023.01
248面；17X21公分. --（樂讀456系列；94）
注音版
ISBN 978-626-305-353-3（平裝）

861.596　　　　　　　　　　111016582

Fushigi Dagashiya Zenitendô 14
Text copyright © 2020 by Reiko Hiroshima
Illustrations copyright © 2020 by jyajya
First published in Japan in 2020 by KAISEI-SHA Publishing Co.,
Ltd., Tokyo
Traditional Chinese translation rights arranged with KAISEI-SHA
Publishing Co., Ltd.
through Japan Foreign-Rights Centre/Bardon-Chinese Media
Agency

立即購買 >